GEHHILFEN

Heinz Picard

GEHHILFEN

Gedichte und kurze Erzählungen

Bibliografische Information der Deutschen Nationalbibliothek:
Die Deutsche Nationalbibliothek verzeichnet diese Publikation in
der Deutschen Nationalbibliografie;
detaillierte bibliografische Daten sind im Internet über
http://dnb.dnb.de abrufbar.

© 2018 Heinz Picard
Herstellung und Verlag:
BoD - Books on Demand, Norderstedt
ISBN: 978-3-7528-9221-5

Inhalt

Vorwort

Sag niemals nie! – Ein literarischer Rückfall.

Mit dem vierten Buch *Von Paukersdorf nach Dingsda* dachte ich die Reihe über Dingsda zu beenden. Aber Dingsda liess mich nicht los.

Das neue Buch gliedert sich in zwei Teile. Der erste enthält Gedichte, in Mundart und Schriftsprache: „Gschribe sinds für Chind und Grossi, wo's chli blibe sind."

Der zweite enthält Prosatexte. Oft sind es Jugenderinnerungen. Nur geht es mir dabei nicht so sehr um die biographische Wahrheit. Die Erinnerung liefert den Kern, aus dem heraus sich Geschichten und Gedichte entwickeln. Sie berichten von der Fragilität unseres Lebens, bald heiter, bald ernst. Mit einem versöhnlichen Grundton.

Ich danke allen, die mich beim Entstehen des Bändchens unterstützt haben. Vor allem meinem Sohn Benno, der Cover und Texte für den Druck eingerichtet hat. Und Simone Rufli fürs Gegenlesen.

Herbst 2018
Heinz Picard

Teil 1

Gedichte

Fitness

In der lauen Frühlingssonne
wälzt sich unser Hund mit Wonne
auf der frisch gemähten Wiese.
„Strecken!" lautet die Devise.
Schnellt jetzt hoch und schüttelt sich,
wendet sich dann kurz an mich:

„Du denkst viel und wenn, mit Schrecken
denkst du immer gleich an Zecken.
Doch im Gras, auf allen Vieren,
lässt sich trefflich exerzieren.

Respekt verdient ein alter Mann,
der auch noch aufrecht gehen kann.
Wir üben uns zunächst im Strecken,
und wie gesagt: Vergiss die Zecken."

Oschtere

Leit er s'letschte Ei is Näschtli,
hoppled jede Haas as Fäschtli,
wo's nach dere schtränge Zit
no en frohe Abschluss git.

Unterwägs isch Päuli Häsli.
Dänkt: „Ich chlopf no schnäll bim Bäsli,
öb's mi nid begleite wötti,
ich bi schliesslich eim Chind Götti."

Dänkt a säb, a dis und das,
mümmlet i sim Lieblingsgras.
Ghört vo färn här Gloggeglüt,
frogt sich: Was isch au für Zit?
Gseht, dass mir nur wägem Frässe
alles andere vergässe.
Leit jetz loos wie s'Bisiwätter,
grootet plötzlich in a Plätter,
dänkt, was sind doch d'Chüe für Lüt,
die schiniere sich vor nüt.

Äntlich stoht er vor em Huus.
Chlopft – denn chunt er nümme druus.
Jo, s'verschlot ihm glatt de Schnuuf,
denn der Samichlaus macht uuf.
Grüseli isch Paul verschrocke,
s'Sprochzentrum het afo bocke:
„Tschu-Tschuldigung", seit eues Häsli,
„ha-ha doch gmeint, i chlopf bim Bä-Bä-Bäsli,

Tschuldigung, Herr Samichlaus,
dass ich klopft am falschen Haus."
Meint de Chlaus: „Das si mer Sache",
doch er muess es bitzli lache,
„ha um die Zit suscht mi Rueh,
und jetz han i plötzlich ztue.
Geschter scho, mehr glaubtis chuum,
stoht s'erscht Eseli im Ruum.
S' wöll en Päckli-Dienscht betriibe.
Öb ich nid würd underschriibe,
dass fürs Säck- und Rueteträge,
es bi mir chönt agschtellt wärde. -
Der Samichlaus setzt d'Brülle uuf:
Grossi Auge, schwere Schnuuf:
„Bisch du nid de Häsli Päuli?
Gsesch us wie nes chliises Säuli.
So chasch nid as Hasefäschtli.
Ab id Duschi, links vom Chäschtli,
niemer täti das verstoh,
wenn so under d'Lüt würdsch go.
Und wenn schnäll machsch, chliine Maa,
chasch de nu es Ruebli ha."

Und so isch der Päuli no
zitig zu sim Fäschtli cho.

Österliche Gedanken eines alten Hofhundes

„Was war zuerst, Huhn oder Ei?" –
Das ist mir völlig einerlei.

Hab vier Beine, hab vier Pfoten.
Schwarz das Fell und kraus das Haar.
Schulabgang mit guten Noten
und im Kopf noch völlig klar.
Glaub, wie alte Hunde sind,
bin noch schneller als der Wind.
Nur, so will es die Natur:
Von Eier legen keine Spur.

So wie ich das Tierreich kenne,
legt die Eier meist die Henne.
In der österlichen Phase
kann dies auch der Osterhase.
Nur: Charäkter sind hienieden
bei Verschiedenen verschieden.

Leider lernt ich Hasen kennen
– Namen will ich hier nicht nennen –,
die statt eigner Legepflege
schlüpften dreist in das Gehege,
wo sie Hennen fies beklauten,
liessen allenorts verlauten:
„Gelegte Eier ha'n wir gern,
Produzieren liegt uns fern.
Und wenn Eier wir erwerben,
geht's uns primär nur ums Färben."

Weil er all's verfolgen kunnt,
knurrte nun der alte Hund:
„Ja, sag ich, das kommt von das:
Denn der Hahn mit Seelenruh
drückte beide Augen zu.
Dachte sich wohl nichts dabei,
ihm war alles einerlei."

Jetzt mischt sich der Autor ein,
denn was ist, das muss auch sein:
„Unser Hund, der arme Tropf,
ist heut wieder wirr im Kopf.
Spinnt sich Räuberstories aus,
spielt verrückt im ganzen Haus.

Was doch das Alter dann und wann
mit einem Tier anstellen kann!"

Gewissenserforschung am Abend

Ich vergass die Müllabfuhr.
Post? – Liegt noch im Ablegfach.
Wo ist nur die Armbanduhr?
Das tut weiter nichts zur Sach.

Waschen kann ich auch noch morgen.
Alles keine echten Sorgen.
Eigentrost wird hier zur Pflicht.
Mach dir keinen Kummer nicht!

Storch Adebar Ciconia

Goht dr Summer langsam z'änd,
flüüge Störch, wo's wärmer wänd,
zämme Richtig Afrika,
d'Winter si vil milder da.

Mänge Storch het Tag und Nacht
wägem Flug sich Sorge gmacht:
„Find ich znacht es ruehigs Näscht?" –
„Groot ich ines Mugge-Fäscht? „–
„Het's gnueg Frösche underwägs?
Bruuch pro Mahlzit vier bis sächs." –

Grüsli Bammel het do gha
Storch Adebar Ciconia.
Der Heiler Chrütli, s'isch zum Lache,
seit: „Muesch d'Grippeimpfig mache." –
„Bländwerk", meint sie, „Tüüfelszüüg.
Das hilft nüt bi Langzitflüüg."
Goht zum Meischter Theo Pfändler
(isch vo Bruef en Velohändler),
seit: „Ich muess es Velo chaufe.
Nei, es isch nid wägem Laufe.
I has schrecklich i de Flügel.
Euse Husarzt Noldi Gügel
het mir gseit: „Ciconia,
das längt nümm uf Afrika."

Pfändler tritt paar Schritt zurück,
prüft den Fall mit Kennerblick:

„Jo, me gseht do allerlei.
Erschtens händ Sie langi Bei,
zweutens fehle schtrammi Wädli.
S'bruucht Motor und groossi Rädli.
Frau, wenn ich für Sie müesst wähle,
würd ich s'E-Bike dört empfähle."

Rüeft e Stimm: „Ciconia,
mir sammle eus für Afrika.
Däne uf der grosse Matte
goht de Start scho bald vostatte."
Adebar riibt sich churz d'Auge,
dänkt, ich cha das gar nid glaube.
Doch es holt si d'Wohret ii:
S'E-Bike isch es Träumli gsii.
Schüttlet chräftig s'wiisse Gfiider
und meint: „S'nächscht Johr chumm i wiider,
falls mi d'Flügel denn no träge.
Meh chann i dezue nid …" – „Ciconia!
Sammelplatz nach Afrika! Ciconia! – Ciconiaaa …!"

Churz bevor's zum Start ichs choo,
het sich d'Gmeind no blicke lo.
D'Bloosmusik Euphonia
het en flotte Uftritt gha.

Und der Ammann Kari Bieder
rief: „Im Frühling sehen wir uns wieder!"
Und nach einem tollen Tusch
zitierte er noch Wilhelm Busch:
„Wo kriegten wir die Kinder her,
wenn Meister Klapperstorch nicht wär!"

Schpotsummer

Der Summer het sich numol bsunne:
Blaue Himmel, luter Sunne.
D'Nacht isch chüel, me cha guet pfuuse.
Luegsch am Morge churz veruuse,
leisch di a und pfiisch im Hund.
Und scho machsch e Wunderfund:
Uf de Matte, jetz muesch loose,
findsch die erste Herbschtzitloose

Und denn rüefe chlini Meitle :
„Dörfe mir Sie churz begleite,
mir gönd scho i Chindergarte." –
„Chömme Sie, mir chönd nid warte." –
„Isch das Ihre Hund." – „Wie heisst er?" –
„Kann ich streicheln oder beisst er?" –

Do schreckt eim der Klingelton.
D'Tochter isch a ihrem Phone:
„Stell dir vor und säg's der Mueter,
plötzlich, jawohl, jetze tueter.
Jo, dr Benjamin cha laufe.

Settig Täg, die chasch nid chaufe.

Der Floh

D'Suhr bi Aarau läbt e Floh,
de lauft e soo:
Fuess rächts vor,
Fuess rächts zrugg.
Fuess links vor,
Fuess links zrugg.
Fuess rächts vor … *
Langsam chunt de Floh is Schwitze,
seit, er müess es bitzeli sitze.
Und fot grüsli afo schimpfe
(gege Dummheit chasch nid impfe):
„Schimmelbrot und Müüseschpäck,
chume eifach nid vom Fläck.
Ich mach öppis falsch derbii,
weisch du, was es chönnti sii?"

Variante :
Fuess rächts vor,
Fuess links zrugg.
Fuess rächts zrugg,
Fuss links vor.
Fuess rächts vor …

Zauberstunde

Enkel, hört die frohe Kunde,
jetzt ist wieder Zauberstunde.
Heut mit Lore Brausewind.
Freunde, die nun mal so sind,
nennen sie ganz einfach Lörchen,
mit Bezug auf jene Röhrchen,
wo Ap'theker seit iks Jahren
Braus'tabletten aufbewahren.

Ruf nach alter Zaubrersitte:
„Fräulein Brausewind, ich bitte.
Dies Glas mit Wasser jederzeit
ist für Ihren Sprung bereit."

Enkel, etwas Spass darf sein,
werft doch Lore einfach rein!"

Und sie schäumt und braust und zischt,
macht noch kurz mal ‚winke-winke',
bis sie fast verschwunden ist,
schreit im Abgang: „Prost, man trinke!"

Die Mittel eignen sich für Chind,
die älter als zwölf Jahre sind.
Und mancher Mummelgreis, der fragt sich,
ob's noch etwas bringt mit achtzich.

Das Sägewerk

„Grossvati, halt dich bereit,
heut ist wieder Sägezeit.
Dorten in der Ecken
steht ein alter Stecken.
Hol die dürre Jammerfichte,
während ich den Sägbock richte." –
„Enkel", sag ich, "dieser Stecken,
ja, der dorten in der Ecken,
war, ich weiss, man glaubt es kaum,
einst ein schmucker Weihnachtsbaum.
Hat, auch wenn er ausgedient,
doch ein bessres End verdient:
Wir sägen ihn in gleiche Teile,
glätten nach mit einer Feile.
Irdisches hat nicht Bestand,
wird im Cheminée dann verbrannt.
Bleibt die Asche." – „Ja und diese?" –
„Die verstreun wir auf der Wiese."

Vom Enkel keine Gegenwehr.
Ihm gefällt der Ablauf sehr.
Holt sich gleich das fromme Pflöckchen,
legt es sanft aufs Sägeböckchen.
Wenn ich's richtig nun erwäge,
reicht die kleine Bügelsäge.
„Enkel", ruf ich, „Position!"
Und da kratzt das Sägblatt schon
jene Kerbe in das Holz,
die den Säger füllt mit Stolz.

Und er sagt in tiefer Rührung:
Nichts geht über sichre Führung,

Los nun! Ritze-ratze-ritze-ratze-
ritze-ratze-ritze-spritze …
„Enkel!", schrei ich, „rette dich,
ein Blutstrom überwallet mich."

Wie ich dann den Fall erkunde,
seh ich, oberflächlich ist die Wunde,
gereinigt und desinfiziert,
wird ein Pflaster appliziert.
Und bei solch gekonnter Pflege
steht der Heilung nichts im Wege.

„Grossvati", meint jetzt der Enkel,
„am besten heilt, das sag ich dir,
immer noch Zeitungspapier.
Hier, die Schachtel mit dem Henkel
birgt, was ich geschnitten habe:
eine wahre Göttergabe.
Schnitzel lang, kurz, schmal und breit
und auch immer griffbereit.
Zudem nutz ich's Klebeband,
das ich in Mumas Büro fand."

Jetzt wählt er mit spitzen Fingern
eins von den ganz langen Dingern,
legt`s auf meinen Unterarm,
sagt: „Die Stelle wird jetzt warm.
Hier noch ein paar Klebestreifen,
das Gute muss gefestigt reifen.

Heilkraft zieht in Form von Wellen
fleissig zu den Schadenstellen.
Wechsle ja nicht den Verband.
Schätze nach dem Ist-Zustand:
S' braucht drei Tage alleweil,
bis die Finger wieder heil."

Der Enkel hat uns heut besucht.
„Falls du meine Wunde suchst…" –
Schaut kurz hin, meint: „Sagt ich's doch.
Papier flickt praktisch jedes Loch.
Hier, die Schachtel schenk ich dir.
Dir zum Heil, mir zum Pläsier.
Wenn dich auch der Gwunder sticht:
Heute sägen wir mal nicht."

Vom Anschnallen

Meine Frau im Führersitz,
ich ganz gerne nebenan.
Hinter mir im Kindersitz,
festgeschnallt der kleine Enkel,
klopft sich fröhlich auf die Schenkel:
„Nun mal los, fahrt endlich an!"

Blicke meiner Frau besagen:
Heute woll'n wir gar nichts wagen.
Ob's dich anficht oder nicht,
hier im Land herrscht Gurtenpflicht.
Der Enkel, von der harten Sorte,
fasst die Blicke gleich in Worte:
„Grossvati, jetzt schnall dich an,
blitzt die Polizei, dann bist du dran.

Und, wie könnt es anders sein,
greift auch noch die Technik ein:
„Piep, piep, piep …" heisst die Devise.
Nichts nervt einen so wie diese.
Hilfreich ist das Piktogramm:
Zeigt, wie man die Gurten fasst,
zieht sie aus und hält sie stramm,
bis die Zung ins Gurtschloss passt.

Doch gut Ding will Weile haben,
der Enkel ist schon am Verzagen:
„Ich erbitt mir etwas Ruh,
Grossvati, du Piep, du!"

Stolz fühlt sich ein alter Mann,
der von sich behaupten kann:
„Mich stellt gnadenlos der Enkel
immer wieder in den Senkel."

PS Späte Rechtfertigung

Bitte, Leserschaft, verzeiht
alten Manns Nachlässigkeit.
Als ich diese Schreibe las,
sah ich, dass er mich vergass.
Hiermit tu ich Ihnen kund,
dass ich noch nicht reden kunnt.
Schlief im Schalensitz daneben
und verpasst' den Fall deswegen.
Doch das ändert nichts dabei:
Ich bin Enkel Nummer zwei.

Bim Dokter

Chunt e junge Mu zum Dokter,
seit:„Vill Grüess vo Pups und Mumu.
Fruge, wus me muche cha,
ich säg meischtens u stutt a.
Sie, ich muess grud numol uuse,
hu Problem mit miner Bluuse.
Ich muess ständig Druck ubloo,
so chu dus nid witer goo.“

Het druf schnäll sis Gschäft verrichtet,
het nu mit em Fräulein brichtet.
Chöme tägs vo Undermutt,
wohn' bir tunte i der Studt,
heig dört Koscht und au Logii.
„Gelle Sie, die Wält isch chlii!“

Chunt de Mu jetzt wieder füüre,
hungt en Zettel un der Tüüre:
„Liebi Fraue, Gschlächtsgenosse,
d'Pruxis isch jetz leider gschlosse.
Bitte um Entschuldigung,
bin un einer Fortbildung.
Aufgebot vom Gsundheitsumt:
Uchtung, Virus unbekunnt
schlägt ukut jetzt zu im Lund.“

Ansichtssache

Wer dich von vorne sieht,
der winkt dir zu.
Wer dich von hinten sieht,
lässt dich in Ruh.
Wer deine Seit'ansicht erblickt,
erschrickt.
(Die Tochter antwortet ihrem Vater)

Teil 2

Texte

Heimweg

Es war einer dieser heiteren Abende mit Freunden aus der Internatszeit. Wir trafen uns in einem stilvollen Gasthaus in Zürichs Altstadt. Bei vorzüglicher Bewirtung und lockeren Gesprächen verging die Zeit im Nu. Gelegentlich schaute ich auf meine Uhr. Kein Grund zur Aufregung. Es eilte nicht.

Und dann verloren wir uns in einer angeregten Diskussion über eine Neuinszenierung am Schauspielhaus. Und als ich wieder auf die Uhr sah … Noch zwanzig Minuten, eine Viertelstunde vielleicht. Knapp, aber das lag drin. Musste drin liegen.

Ich weiss nicht, ob es ein Glas zu viel war, das mir plötzlich die Szene einspielte, überdeutlich und in Zeitlupe: Ein Pfiff, sich schliessende Türen. Der Zug setzt sich zögerlich in Bewegung, fährt aus der Halle. Langsam, unbeirrt, legt jetzt etwas zu. – Der letzte, der abends noch an meinem Wohnort hält.

Ich schreckte auf. – Viel Spielraum blieb nicht.

Meine Freunde – Stadtbewohner – hatten ein Einsehen. Ich rief nach der Bedienung und verliess fluchtartig das Lokal. Ich eilte die nächste Gasse hinunter zum Limmatquai, wo gerade ein Tram in Richtung Bellevue an mir vorbei schepperte. Ich brauchte eine gegenläufige Fahrt. – Lohnte es sich zu warten? Das konnte mühsam werden. Um diese Zeit war die Betriebsfrequenz herabgesetzt. – Andrerseits waren nur wenig Leute unterwegs, und der Autoverkehr hielt sich in Grenzen. Von der Seebrücke her heulte ein Alarm auf, ebbte ab und verhallte im Aufstieg zur Universitätsklinik. Entschlossen überholte ich ein Grüppchen Jugendlicher, die lachten und wild diskutierten.

Ich kam gut voran, erreichte schon bald die Haltestelle Central, bog ab zur Limmatbrücke, der Hauptbahnhof rückte näher. Aber ich kam an meine körperlichen Grenzen. Mit schweren Beinen überquerte ich die Haltestelle Quai. Geschafft! – Noch fünf Minuten, mahnte die Uhr über dem Eingang. Das reicht wohl nicht mehr, fürchtete ich.

Nach einer kurzen Verschnaufpause kehrte die Hoffnung zurück. Ich war zwar nur noch selten in Zürich, aber ich meinte, dass mir dienliche Abendzüge immer von Perron 18 abgingen. Ich hastete weiter, ein Blick auf die grosse Anzeigetafel mit den Faltblättern gab mir recht … Und dann hörte ich undeutlich eine Lautsprecherdurchsage. Schade, dachte ich, so nah am Ziel.

Eine Art Lethargie befiel mich, gedankenlos entwertete ich mein Ticket … Aber dann sah ich den Zug. Ein Missverständnis. Noch hatte ich eine Chance. Ich setzte zu einem letzten Lauf an. Und wieder … Nein, das war keine Durchsage. Ganz in der Nähe rief mich eine weibliche Stimme beim Namen. Immer wieder. Da, eine Kondukteurin winkte mir zu: „Wir warten, gehen Sie ganz ruhig, nur keine Aufregung. Jetzt die Türe. Gerade vor Ihnen. Lassen Sie sich Zeit!"
Diese Stimme, die kannte ich doch. Aber das lag weit zurück. Ich sah nochmals auf die Frau. Sie stand beim Wagen vor mir. Winkte erneut und lachte. Wir setzten fast gleichzeitig auf. Die Türen schlossen sich. Da ging ein Ruck durch den

Zug. In diesem Moment fiel's mir ein: Es war eine ehemalige Schülerin.

Im Abteil überliess ich mich meinen Erinnerungen. In einem Aufsatz hatte sie einmal über ihr Berufsziel geschrieben. Sie wolle bei der SBB eine Lehre machen und reisen. Aber nicht nur als Passagierin, sondern auch als Fachangestellte. Es war eine gelungene Arbeit. Vor dem Schulwechsel sprach ich sie nochmals darauf an. Ob sie sich das gründlich überlegt habe. Ihre Fähigkeiten reichten auf jeden Fall für eine Mittelschule mit nachfolgendem Studium. Sie lachte. Nein, ihr Wunsch sei keine Seifenblase, seit eh und je habe sie sich für die Eisenbahn interessiert. „Und für alles, was damit zu tun hat."

Feuerzeichen

Nein, ein Bastler aus Leidenschaft war er nicht, mein Vater. Dazu fehlte ihm die Geduld. Aber hie und da überkam ihn die kreative Lust. Aus A4-Blättern formte er in Blitzeseile Flugzeuge, die er mit einer Armbewegung elegant in die Luft setzte, so dass sie einen weiten Bogen beschrieben und wieder in seiner Nähe landeten. Auch beim Bau von Pfeilbogen drängte er auf eine schnelle und effiziente Lösung. Er sägte sich am Bachufer mit dem Fuchsschwanz einen Holunder- oder Haselnussstock, spannte das Holz mit einer Schnur zum Bogen und schnitt aus dem Schilf, das er sich beim nahen Dorfweiher besorgt hatte, ein paar Pfeile mit Kolben. Deren Länge nach Augenmass ermöglichte eine erstaunlich grosse Flugweite.

Und eines Tages überraschte er mich mit einem kleinen Heissluftballon. Er hatte ein quaderförmiges Gestänge aus feinem Holz gebastelt, die Wände mit rotem Seidenpapier ausgekleidet und im offenen Boden ein Drahtgeflecht eingebaut. Er zog einen Wattebausch aus der Tasche: „Den taucht man vor dem Start in Benzin und macht ihn am Draht fest. Beim Entzünden entwickelt er Wärme, die dem Ballon den nötigen Auftrieb verschafft." Er schaute mich mit grossen Augen an: „Ach, was red ich da lange herum. Am besten probieren wir das Ganze aus."

Meiner Mutter war das Unternehmen nicht geheuer. Beim Kontakt mit Bäumen oder Holzhäusern könnte sich ein Brand entwickeln. Aber Vater winkte ab: „Man muss den Ballon zum richtigen Zeitpunkt starten. Vor allem abends, wenn es kühler wird und ein leichtes Lüftchen weht. – Und auf keinen Fall nach einer Trockenperiode."

Eines Abends war es so weit. Vater hielt den Ballon leicht über dem Boden, damit ich den benzindurchtränkten Wattebausch mit einem Streichholz entzünden konnte. Zu unser aller Vergnügen hob der Ballon schon bald ab, stieg langsam höher, glitt über das Nachbarhaus hinweg, gewann erneut an Auftrieb, wurde kleiner und kleiner, bis er hinter einem nahen Juraausläufer unsern Augen entschwand.

In jener Nacht hatte ich einen merkwürdigen Traum. Mein Ballon segelte auf ein Haus zu, begann plötzlich zu brennen, sackte ab und fiel aufs Dach. Mir wurde ganz warm, die Luft war stickig, der Atem ging schwer. „Steh auf", sagte eine Stimme. Mutter schüttelte mich. „Komm, steh auf, ennet dem Bach brennt die Werkstatt des Bauschreiners!" Vater stand am offenen Fenster.

Uns bot sich ein Bild des Schreckens. Die Polizei hatte den Brandort abgesperrt und drängte Schaulustige zurück. Aus dem Dachstuhl schossen Flammen und wirbelnde Feuergarben stiegen zum Himmel empor. Die Feuerwehrleute richteten ihre Wasserschläuche auf die Brandherde. Das gewaltige Zischen wurde überlagert vom Krachen und Poltern einbrechender Balken. Und zwischendurch hörte man wieder die Stimme des Kommandanten, der mit Hilfe eines Megaphons den Einsatz leitete.

In diesem Tollhaus fehlte der Dorfbach, dessen Nähe mir regelmässig zum nächtlichen Schlaf verhalf. Es war, als hätte er sein beruhigendes Plätschern vor Schrecken eingestellt.

Das alles nahm ich nur wahr wie einen Albtraum. Als gespenstisches Spektakel, das eine überhitzte Phantasie mir vorgaukelte. „Der Ballon", rief ich verzweifelt. „Nein, nein!" beruhigte mein Vater, „der ist am Abend in der Gegenrichtung verschwunden."

In der Schule war der Brand für ein paar Tage das Kernthema. Wilde Gerüchte über die Brandursache kamen auf. Jemand hatte einen Fremden gesehen, der tagsüber dem Bach entlang spazierte, in einem grünen Regenmantel. Mit einer Fischerrute. Und Stiefel bis über die Knie hinauf. Die perfekte Tarnung. Dann konzentrierte sich das Interesse – wohl unbewusst gesteuert durch die Reaktion der Erwachsenen – immer mehr auf die Helfer. Man lobte die Feuerwehr, welche das Übergreifen auf die Nachbarshäuser verhindert habe. Man rühmte den Kommandanten für seine Entschlossenheit und Klarsicht. Und so erhielt ein erahntes eigenes Heldentum vorschnell seinen künftigen Glanz: Man werde dereinst geschlossen der Feuerwehr beitreten.

Zur Beruhigung des Ganzen trug bei, dass die Ruine schon bald einem Neubau mit zusätzlichem Wohnraum Platz machte und so die Erinnerung an das schreckliche Ende des alten Gebäudes zum Verblassen brachte.

Ein halbes Jahrhundert später feierte ich mit Familie und Freunden einen runden Geburtstag im Kirchgemeindesaal. Am späten Abend kündigte der Tafelmajor eine letzte Produktion an. Man möge sich etwas Warmes überziehen, auf dem Vorplatz werde eine Überraschung vorbereitet.

Draussen war es windstill und bitterkalt. Ein gewaltiges Sternenmeer blinkte am stahlblauen Nachthimmel. Im Zentrum des Platzes stand ein Heissluftballon, ähnlich dem in meiner Jugend, aber viel grösser, fast mannshoch. Und mit einer Glückwunschkarte versehen, die hinter meinem Rücken in der Runde zirkuliert hatte und von den Gästen unterschrieben war.

Und dann lief alles nach dem mir bekannten Muster. Helfer fassten den Ballon an seitlich angebrachten Schlingen und hoben ihn leicht hoch; jemand legte in den unten angebrachten Drahtkorb einen im Benzin getränkten Wattebausch und entzündete ihn. Eine Art Unruhe kam jetzt in den Ballon. Es war, als blähe er sich auf, und mit einem Mal hob er ab, und unter dem Beifall der Anwesenden stieg er langsam empor, höher und höher, leuchtendes Fanal. Es war ganz ruhig geworden. – Da stiess mich meine Frau in die Seite: „Komm, wir gehen zurück in die Wärme." Und als bedürfe der Rat einer lautstarken Unterstützung, setzte drinnen die Dixie-Band wieder ein. Ich winkte in die Runde.

Also sprach Zarathustra

Die Bibliothek meiner Kindheit stand im Gang des oberen Stockwerks. Neben der Tür, die in den Baderaum öffnete und unterhalb einer Tafel. Diese war bestückt mit Schaltern und Reglern, mit denen sich die elektrische Anlage unseres Hauses steuern liess. Auf mich wirkte das Ganze wie ein gigantisches Spielzeug. Doch jeder Umgang damit war meinem Bruder und mir verboten. Selbst das Einsetzen von neuen Sicherungen schilderte uns Mutter als ein Unternehmen auf Leben und Tod.

So beschränkte sich mein Interesse auf die Bibliothek. Es war eine sorgfältig zusammengeschraubte meterhohe Holzkiste mit drei Regalen und so tief, dass sich auf jedem Regal zwei Buchreihen aufstellen liessen.

Ich hielt mich vor allem an bebilderte Bücher.

So gehörte ein Band über die Halligen zu meinen ersten unvergesslichen Leseerlebnissen. Ich sehe die Fotos vor mir – schwarzweiss mit einem Grünstich und Unschärfen: Ein Blick auf kleine Inseln im Meer draussen, die scheinbar auf dem Wasser schwammen und bei Sturm überflutet wurden. Grossaufnahmen von Wohnhäusern und Scheunen, zum Schutz vor Hochwasser auf künstlichen Hügeln erbaut. Auf kärglichen Salzwiesen weideten Kühe oder Schafe. – Frauen in ländlicher Kleidung arbeiteten im Stall. Andere posierten in reich verzierten Trachten vor dem Haus. Und immer wieder eingestreut stolze Porträts ihrer Männer, die als Seefahrer und Walfänger unterwegs waren.

In die Fotos eingebunden waren Berichte über Sturmfluten. Besonders eindrücklich fand ich die Schilderung einer Sturmnacht. Ich habe sie immer wieder gelesen. Vor allem die Stelle, wo ein Bauer am andern Morgen nach Frau und Kind suchte. Er fand sie in einer Bucht. Aus der Ferne hatte er bemerkt, wie das Wasser mit den bunten Fetzen eines Kleides spielte.

Viele Bücher waren Romane zu Frauenthemen. Damals boten Reisende solche Bücher an, Buchhandlungen gab es in ländlichen Gegenden wohl kaum. Rösy von Känel gehörte zu den erfolgreichen Schweizer Autorinnen. Ich las alles zügig durch. Hatte Mitleid mit den Frauen, die offenbar in beschwerlichen Ehen lebten, aber vertiefende Einsichten gewann ich dabei nicht.

Nachhaltig wirkte eine einheitlich mehrbändige Ausgabe mit Goldschnitt. „Gottfried Kellers gesammelte Werke" stand auf den Buchrücken. Vater hielt grosse Stücke auf diesen Autor. Er griff nach einem Band: „Hier, das solltest du mal lesen. *Kleider machen Leute.*" Der Titel weckte mein Interesse. Schliesslich war meine Mutter Schneiderin. Ihre Kundinnen kamen zur Anprobe in unser Haus. Wenn sie dies wünschten, machte Mutter auch Hausbesuche. Mit ihrem Fahrrad und dem nötigen Material auf dem Gepäckträger. Manchmal begleitete ich sie auf Touren zu einsamen Höfen. Dabei bekam ich einiges mit: Schnittmuster, Messband, Kreide, Scheren, Nadeln, Faden, Büste. Das war für mich vertrautes Gelände. Doch die Geschichte vom hergelaufenen polnischen Schneider, der eine Bürgerstochter erobert, überforderte mich. Ich bekam nichts mit von der feinen Ironie, die dem Texte eignet. Nichts von den gesellschaftskritischen

Aspekten, vom Wechsel zwischen Schein und Sein, nichts von alledem. Aber ein geheimnisvoller Reiz ging schon damals von der Novelle aus. Sie hat einen Ehrenplatz in meiner Hausbibliothek.

Auf dem untersten Regal ganz hinten links stand ein Buch, das sich durch seine Beschaffenheit von den andern abhob. Es fühlte sich samtig an und hatte einen festen dunkelgrünen Einband, auf dessen Rücken stand mit goldfarbener Zierschrift: „Also sprach Zarathustra". Das Papier war teils ausgeblichen, teils mit altersbedingten braunen Flecken versehen. Gedruckt in Frakturschrift, was mir das Lesen erschweren sollte. Beachtung fand es bei mir allerdings erst, als mir Mutter sagte, dieses Buch stünde auf dem Index. Was bedeute, ein gläubiger Mensch dürfe es nicht lesen. Und wenn er sich nicht daran halte, sei das eine schwere Sünde, kaum mehr gutzumachen.

Ich tat mich schwer mit dem Buch. Schenkte ihm vorerst keine Beachtung. Tat, als sei es gar nicht vorhanden. Aber es liess mich nicht los. Mir war, als dränge es mich zu einer Mutprobe. Nicht lesen, nur blättern. Das konnte ja nicht schaden. Und eines Tages griff ich danach. Zu meinem Erstaunen passierte nichts. Ich begann zu lesen: Nichts. – Auf eine Art war ich enttäuscht. Auch von Mutter.

In einem vergilbten Beizettel fand ich einen Hinweis auf den Inhalt: Der Übermensch ersetze Gott als Ziel menschlichen Strebens. Damit konnte ich nichts anfangen.

Da war mir wohler bei meinen Sturmfluten und leidenden Frauen.

Anmerkung

Sie meinte wohl den Index Romanus, ein Verzeichnis der römischen Inquisition, das für jeden Katholiken die Bücher auflistete, deren Lektüre als schwere Sünde galt; bei manchen dieser Bücher war als kirchliche Strafe die Exkommunikation vorgesehen.

Erstmals erschien das Verzeichnis 1559 und nannte zuletzt 6000 Bücher. Nach dem Zweiten Vatikanischen Konzil (1966) wurde es abgeschafft.

Probebeichten

In meiner Jugend war die Ohrenbeichte die übliche Beicht-
form. Man bekannte seine Sünden einem Priester, der einen
von begangenen Verfehlungen lossprach.

Die Einführung fand schon in der Primarschule statt. Und so
wurden wir denn früh mit schwierigen Begriffen konfron-
tiert, lernten unterscheiden zwischen lässlichen, leichten und
schweren Formen der Sünde, übten uns in der Gewissenser-
forschung, der Reue, im Verfassen von Vorsätzen und in der
Wiedergutmachung.

Als Vorbereitung für die Beichte diente ein ausführlicher
Beichtspiegel. Hier ging es darum, im Rahmen der Zehn Ge-
bote nach begangenen Sünden zu forschen. Die schweren
womöglich zahlenmässig belegt. Später kam die Besinnung
auf vorausgegangene Beichten dazu, um allenfalls Vergesse-
nes nachzutragen.

Doch zurück zu den Anfängen. An Ostern fand unsere erste
Beichte statt.

In einer Probebeichte wurde der Ernstfall in der Kirche si-
muliert, man verband die Theorie mit der Praxis.

Und so knieten wir denn, wohl zwei Dutzend Buben und
Mädchen, an einem kalten Vorfrühlingstag in den vorderen
Bänken der Kirche, auf Höhe des Beichtstuhls.

Es war ein fast geschlossenes, schrankartiges, hölzernes Möbelstück, aufgeteilt in drei Innenräume. Der mittlere enthielt einen Sitz für den Priester, den Beichtvater. In den andern knieten alternierend die Beichtenden auf einer Bank. Sie war ausgerichtet auf die vergitterte Öffnung in einer Wand, durch die das Bekenntnis mit gedämpfter Stimme gesprochen wurde.

Der Priester hatte eben seinen Sitz eingenommen und zog den purpurnen, schmalen Vorhang zu, der ihn von der Aussenwelt trennte. Wir waren allein. Kleine Gäste im gewaltigen, düstern Haus. Eine beklemmende Stille erfüllte den Raum. Durch die Fenster mit den Glasmalereien drang nur wenig Licht. – Was mich damals mit der Kirche verband und meine Fantasie anregte: Orgelklänge, das glanzvolle Zeremoniell eines festtäglichen Gottesdienstes, der kunstvolle Aufbau des Hauptaltars mit den vielen elektrischen Lämpchen, die Gemälde an der Decke und den Seitenwänden. Alles hatte seine Anziehungskraft verloren. Und verstörend nah, über dem Bogen beim Johannesaltar, war eine Bildkartusche mit dem Haupt des Täufers in der Schale.

Ich schaute mich neugierig nach den Kameraden um. Sie knieten ganz ruhig, viele hatten den Kopf in die Hände gestützt, in banger Erwartung dessen, was auf sie zukam. Wollten es unbedingt gut machen, ja nichts vergessen! Und wie ich nun daran ging, mich auf eigene Vergehen zu besinnen, stiess mich der Nachbar in die Seite, reichte mir ein Papier im A4-Format und flüsterte: „Von Otto, lesen und weiter geben."

Es war ein mit der Hermes getippter Text. Ich begann zu lesen. Das war nun wirklich spannend. Es handelte sich offensichtlich um einen persönlichen Beichtspiegel. „Vom Vater verfasst", stand darunter. Mit Bleistift. Unverkennbar die krakelige Schrift von Otto. – Viele Verstösse waren mit einem Sternchen markiert. Die trafen wohl auf Otto zu. Bei manchen war sogar die Zahl der begangenen Verfehlungen aufgeführt.

Erfreut stellte ich fest, dass Otto ein noch schlechterer Mensch war als ich. Ein Umstand, der mir andrerseits erlaubte, das eigene Repertoire an Vergehen zu bereichern. Derart gefestigt, reichte ich das Blatt weiter. Und so entfaltete es seine segensreiche Wirkung durch die Runde der Büsser, bis auch der letzte Sünder leichten Herzens das freiwerdende Abteil des Beichtstuhls betrat.

Ach ja, was alles auf dem Blatt stand.

Da halte ich es mit dem Beichtvater. Er ist ans Beichtgeheimnis gebunden.

Später, auf dem Vorplatz der Kirche, geriet Otto doch noch in Bedrängnis. Die Sternchen und Zahlen machten ihm zu schaffen. Er habe diese Angaben nicht gemacht. Es sei falsch, sie als Schwerpunkte seiner Verfehlungen zu interpretieren.

Aber er habe da eine Vermutung: „Als Vater mit dem Skript fertig war, habe ich das Blatt zusammengefaltet in ein Couvert gesteckt und unverschlossen auf meinen Schreibtisch gelegt. Möglicherweise kam ja noch etwas dazu. Als PS, wie ich das in Vaters Geschäftsbriefen oft schon gesehen hatte. –

Aber es passierte scheinbar nichts. – Am Tag der Probebeichte lag das Couvert immer noch unberührt auf der gleichen Stelle. Da war mir mit einem Mal nach einem guten Werk zumute: Das Blatt sollte der ganzen Klasse dienlich sein. Ich hab's zugeklebt und in die Rocktasche gesteckt."

Dann schlug Otto zu: „Die verleumderischen Zeichen, die hat mit jeder Garantie meine Schwester eingefügt. In der Kirche habe ich das Couvert geöffnet, und da passierte das Missgeschick: Statt den Zettel nochmals zu prüfen, setzte ich ihn gefaltet in Umlauf." – Er schwieg, schaute sich um.

Offenbar gab es Zweifel an seiner Darstellung. Und als spüre er selber, dass sein Verhalten nicht dem eines reuigen Sünders entsprach, fügte er hinzu: „Das heute war schliesslich nur eine Probebeichte."

Anmerkungen

Das **Bild** bezieht sich auf eine Legende im Neuen Testament. Herodes war in zweiter Ehe mit Herodias verheiratet. Johannes der Täufer kritisierte diesen Umstand, worauf Herodias den Tod des Täufers forderte, doch Herodes weigerte sich. Anlässlich einer Geburtstagsfeier des Herodes verzückte die Tochter der Herodias die Anwesenden derart mit einem Tanz, dass Herodes schwor, er werde ihr gewähren, was immer sie sich wünsche. Die Mutter flüsterte ihr zu, sie solle den Kopf des Johannes verlangen. Diesem Wunsch konnte sich Herodes auf Grund des geleisteten Eides nicht verweigern. Er liess Johannes köpfen und das Haupt auf einer Schale der Tänzerin bringen.

Hermes meint hier eine antike Schreibmaschine, ein altes Schweizer Qualitätsprodukt.

Durchtreten

Eine frühe Erinnerung an meine Primarschulzeit hat mit einem Kinderfahrrad zu tun. Es hatte einen blauen Rahmen und gehörte Hans, einem Mitschüler, dessen Vater eine Velohandlung besass. Hans und sein Velo, das passte. Wenn ich an ihn denke, stellt sich immer auch das Velo ein. Hans auf dem Schulweg, Hans in der grossen Pause, Hans als Anführer. Immer tritt er in die Pedalen und übernimmt das Kommando.

Hinter dem Primarschulhaus führte ein Fussweg hinunter zur Quartierstrasse, wo der alte Kuhfuss wohnte. Er war als Deutscher in die Schweiz gekommen, war von Beruf Baumeister und hatte hier sein Häuschen am Dorfbach gebaut. „Kuhfuss, so heisst doch niemand", meinte Hans eines Tages. „Dem sollten wir in den grossen Pausen mal tüchtig einheizen."

Und er hatte einen Plan. Die ganze Klasse müsse „Kuhfuss" schreiend in Richtung Wohnhaus vorstossen, bis sich der Alte irgendwo zeige. Er, Hans, würde die Gruppe anführen. Mit dem Velo könne er viel schneller reagieren als wir. Zudem werte er das Ganze auch als Mutprobe. Es gehe darum, herauszufinden, wer am längsten einer Flucht widerstehen könne. Nur Feiglinge hauten vorschnell ab.

Das tönte gut. In der grossen Nachmittagspause würden wir den Plan umsetzen.

„Was ist nur los mit euch?", fragte die Lehrerin. „Jetzt sitzt doch mal ruhig. Und dieses ständige Tuscheln. Spart euch das auf für die Pause, so lange werdet ihr's wohl noch aushalten." Sie hatte gut reden, für uns schien die Zeit stillzustehen.

Das Schrillen der Pausenglocke wirkte wie ein Befreiungsschlag. Wir stürmten die Treppe hinunter in den Hof. Hans eilte zu seinem Velo, trat gleich kräftig in die Pedalen und wir suchten, mit ihm Schritt zu halten. Auf dem Strässchen hinter dem Schulhaus begann die eigentliche Beschimpfung: „Kuhfuss, alter Kuhfuss, Klumpfuss …!" Schon bogen wir ab in die Quartierstrasse; das Haus, wo der Mann wohnte, rückte näher. Hans fuhr langsamer, wir passten uns tempomässig an und schwiegen. Weit und breit war kein Mensch zu sehen. Hans winkte. Wir setzten wieder ein: „He Kuhfuss, aufstehen, alter Klumpfuss …" – Da ging langsam die Türe auf, und der Gerufene erschien im Türrahmen. Wir verstummten. Er trug eine schwarze Schirmmütze, einen blauen Arbeitsanzug und hatte eine grüne Schürze umgebunden. Vorsichtig machte er ein paar Schritte. Er ging mühsam an einem Stock und schleppte den linken Fuss nach … Und als wir erneut in unseren Kampfruf ausbrachen, fuchtelte er wie wild mit dem Stock und schrie uns etwas entgegen, was wir nicht verstanden. Und plötzlich verliess uns der Mut. Hans bestieg sein Velo und fuhr los, und wir rannten wie ein aufgescheuchter Hühnerhaufen hinter ihm her. Und als wir den Fussweg hinaufkeuchten, kündigte die Glocke das Ende der Pause an, und wir kamen noch rechtzeitig ins Klassenzimmer.

Ein paar Tage wiederholte sich das Spektakel. Dann aber erfuhren die Eltern von unserem Treiben. Rein schulisch endete das Ganze mit dem damals üblichen Arrest und

Strafaufgaben in Form einer mehrseitigen Niederschrift des Satzes: „Ich darf alte Leute nicht ärgern."

Was im engeren Familienumfeld an Strafen verabreicht wurde, weiss ich nicht mehr. Mir jedenfalls wurde das in Aussicht gestellte, sehnlichst erwartete Geschenk eines Zweirades für unbestimmte Zeit hinausgeschoben.

Siegfried, ein Mitschüler und guter Kumpel, hatte Verständnis für meine missliche Lage. Er anerbot sich, mir für 50 Rappen mit Material aus der Abfallgrube ein Velo zusammenzustellen. Ich war Feuer und Flamme. Und innert kurzer Zeit wurde ich stolzer Besitzer eines Fahrrads. Ein Prunkstück war es nicht, so fehlte ihm beispielsweise der Sattel. Ich konstruierte einen Ersatz mit alten Lappen und drehte nach der Schule manch stolze Runde um unser Haus; doch die Folgen des günstigen Preises erwiesen sich auf die Dauer als zu schmerzhaft. – Ich hatte Glück: Mein Kamerad nahm das Velo zurück – er könne es jederzeit problemlos weiter verkaufen –, und ich erliess ihm die einbezahlte Kaufsumme.

Nach einem halben Jahr war die Sache mit Kuhfuss vergessen, und ich kam dann doch noch zu meinem Velo.

Mit dem fünften Schuljahr war die Grundschule abgeschlossen, und es kam zum vielgerühmten gebrochenen Bildungsgang. Der Eignung folgend, trat man in die Real-, Sekundar- oder Bezirksschule über. Damit war der alte Klassenverband aufgelöst. Aber das Velo blieb ein Thema. Erst mit dem Übertritt an die Internatsschule verlor es seine Bedeutung.

Unvergessen bleibt mir die Erinnerung an die Velorennen, die wir nach der Schule veranstalteten. Ausgelöst durch die Siege, welche unsere Schweizer Profis Kübler und Koblet damals heraus fuhren. Dazu gehörten so berühmte Rundfahrten wie die Tour de Suisse, die Tour de France und der Giro d'Italia.

Unser Start (identisch mit dem Ziel) war beim Schulhaus Ebnet. Nach flachem Beginn stieg man leicht hoch zum Bahnhof – die ersten Fahrer verloren hier den Anschluss – und überquerte die Bahnhofbrücke in Richtung Moos. Wer die kurze Abfahrt zu forsch anging, bekam Probleme mit dem Schwenk, der zur Hauptstrasse hinunter führte. Ein ungewollter Ausflug aufs Wiesland war zeitraubend. – Die restliche Rennstrecke verlief wieder flach. Man folgte der Hauptstrasse, bog bei der ehemaligen Papeterie Fricker ab in die Schulstrasse und setzte schon bald an zum Schlussspurt.

Unsere Velos waren schwer, massiv und hatten wenige Gänge. Sie lassen sich mit den modernen Rädern nicht vergleichen. Ein einziger Schüler, er hiess Wullschleger, besass ein richtiges Rennvelo. Vermutlich lag es daran, dass er praktisch jedes Rennen überlegen gewann.

Viele Jahre später arbeitete ich in den Semesterferien als Aushilfsbriefträger bei der Post. Der Briefträger, der mich in die Arbeit einführte, erzählte oft von früher. Da sei er noch ausgerückt mit Ledermappe und Benne. Einem eisenbereiften, einachsigen Zweiradkarren, in dem man die Paketpost mitführte. Eine mühsame Arbeit sei das gewesen, besonders im Winter, wenn einen Schnee und Glatteis behinderten. Oft habe man einen abgelegenen Hof mit der Benne nicht mehr erreicht. Als Behelf hatte man sich einen Riemen mit Karabinerhaken umgeschnallt, an den man die Pakete hängte und das letzte Wegstück zu Fuss ging. – Die ersten gefederten Karren seien für den Berufsstand ein wahrer Segen gewesen. Und dann wieder schwärmte er von den fünfziger Jahren, da wurde die ganze Besatzung mit Velos ausgerüstet.

Noch in meiner Zeit war der Briefträger auch zuständig für Geldzustellungen, die er in einer Ledertasche mitführte und in bar übergab. Rentenauszahlungen waren Höhepunkte im Leben der alten Bezüger. Man zählte ihnen das Geld in die Hand. Sie zählten immer sorgfältig nach. Und als täte ihnen der hautnahe Kontakt wohl, strichen sie immer wieder liebevoll mit den Händen über die Scheine.

Zu der Route, die ich regelmässig mit dem Velo absolvierte, gehörte auch das Haus Kuhfuss. Ich weiss nicht, ob er sich an die unschönen Vorfälle erinnerte. Wohl kaum. Er sprach sie jedenfalls nicht an, war überhaupt sehr wortkarg. – Gut, das lag weit zurück. Aber so nah war ich ihm seit jener Eskapade in der Grundschule nie mehr gewesen. Er war noch kleiner geworden als ich ihn in Erinnerung hatte, ging immer noch am Stock und schleppte seinen Fuss nach. Er hatte jetzt ein ganz zerfurchtes Gesicht und schwarze Augen, die unter den buschigen weissen Brauen etwas zu klein waren. Ich dachte an meine längst fällige Entschuldigung. Aber ich tat mich schwer damit. Schob das Ganze hinaus. Seine Zustellungen betrafen zudem mit wenigen Ausnahmen Zeitungen und gelegentlich Briefe, die ich problemlos im Briefkasten deponieren konnte. – Allmählich verblassten die Erinnerungsbilder an die wild fuchtelnde Gestalt, und seine wütende Tirade verhallte wie ein fernes Echo. Aber ein ungutes Gefühl blieb zurück. – Dann lief meine Anstellung aus. Die Chance war vertan.

An einem Klassentreffen kam ich darauf zu sprechen. Ob man sich noch erinnere an den Kuhfuss und unsere Provokationen – Ein paar Mädchen sagten, sie hätten daheim darüber gesprochen und darauf hätten sich die Eltern mit der Lehrerin in Verbindung gesetzt. „Mädchen halt", warf Hans ein und hob das Glas: „Auf unsere Zukunft! Man soll die alten Geschichten ruhen lassen. Dem Kuhfuss tut's ohnehin nicht mehr weh."

Anmerkungen

1
Kuhfuss ist ein mehrdeutiger Begriff.
Er ist bekannt für jemanden mit einem steifen Fuss oder Klumpfuss. Im übertragenen Sinn ist er zu verstehen als Schimpfwort für einen Feigling.
Kuhfuss meint aber auch eine Werkzeugbezeichnung, eine eiserne Brechstange mit gespaltener, abgeflachter Spitze, die beim Pflastern, Steinbrechen oder im Bergbau benutzt wird. Auch als Nageleisen ist der Name bekannt; ein Werkzeug zum Herausziehen von Metallnägeln.
Letztlich ist der Begriff auch als Familienname belegt.

2
Vgl. Frick – Gestern und Heute, Nr. 4 1991

Telefonzentrale

„Es gehört sich nicht", sagte mein Vater, „dass man Leute beim Telefonieren belauscht. Aber manchmal bekommt man notgedrungen etwas mit." – „Du sprichst von Colette", meinte Mutter. „Colette und ihr Liebhaber. Weiss auch nicht, warum die so schreit." – Für mich lag der Fall klar: Der Freund wohnte weit weg, da muss man halt laut werden, um sich zu verstehen. –

Ich stellte mir vor, dass er in Japan wohnt. Oder gar … Ich musste mal wieder den Globus in Vaters Büro zu Rate ziehen. Oder den von Onkel Karl, seine Weltkugel war noch viel grösser.

Man muss wissen, dass wir damals im Umfeld unserer Nachbarschaft die einzige Familie waren, die über ein Telefon verfügte. Und es hatte sich eingebürgert, dass in diesem Bereich der ganze Telefonverkehr über unsern Hausapparat lief. Wer telefonieren wollte, meldete sich bei uns. Und wenn Anrufe eingingen, gaben wir die Informationen an die gewünschten Ansprechpartner weiter.

So baute sich denn in unserem Haus, rein zufällig und nicht kommerziell orientiert, eine Art Kundenkreis auf, dessen Entwicklung ich mit grossem Interesse verfolgte. Und die schrille Hausglocke, vormals ein Störfaktor, weckte in mir eine frohe Erwartungshaltung.

Auch heute noch habe ich ihn im Ohr, diesen Ton. Er rückt das Vergangene ins Jetzt. Ich schaue wieder wie damals durch die Gitterstäbe im oberen Stock: Da steht sie schon in der offenen Türe, die mollige, gemütvolle Paulina. Sie hat sich die Sonntagsschürze umgebunden. „Frau Nachbarin", sagt sie zu meiner Mutter und atmet schwer. Die paar Stufen zum Eingang empor haben es ihr angetan. „Frau Nachbarin", fasst sie sich wieder, „ich muss telefonieren. Wenn Sie einen Moment Zeit haben." – „Eine Tasse Kaffee?" frägt meine Mutter. – „Gerne. Aber nur in der Küche. Ihre Stube ist immer so schön aufgeräumt, da getraut man sich gar nicht erst Platz zu nehmen."

Dann sitzen beide am Küchentisch. „Wissen Sie", sagt eben Paulina, „ich konnte wieder mal so richtig von Herzen weinen. Sie verstehen, wir waren am Samstag im Theater. Im Einakter, wie es jetzt heisst, den die Dorfmusik nach dem Konzert aufgeführt hat. Ich sag Ihnen: Aus dem Leben gegriffen. Aus dem wahren Leben. – Sie haben ganz Recht. Traurig, traurig." Sie wischt sich mit dem Taschentuch die Augen, prüft mit beiden Händen, ob der Haarknoten am Hinterkopf noch sitzt. Dann hat sie sich wieder gefunden: „Aber zum Schluss haben sich die beiden doch noch gekriegt." Sie lächelt versonnen: „Da konnte man so gut mitweinen." – „Wie?" – „Ja, Freudentränen, diesmal." Und später: „Mein Gott, wie die Zeit vergeht." Sie rückt den Stuhl, fasst nach der Tischkante, kommt mühsam hoch. „Mein Mann hat mittags gern etwas Warmes auf dem Tisch. – „Wie? Ah, das mit dem Telefon. Ach, das hat Zeit. Morgen. Ja, ja. Ich melde mich wieder."

Und wieder die Klingel. Ich schau auf meine Uhr. Fünf vor zwei. Das ist der alte Jakob. Arbeitete bis zur Pensionierung bei der Bahn als Gramper. Man tauscht sich aus über den

Gartenhag. Er hat sich früh am Morgen angemeldet. War etwas verwirrt. Ob's recht sei. Er habe die Nummer notiert. Dem Hans gehe es ganz schlecht. In der Morgenpost sei ein Brief der Schwester gewesen. – Der Alte tut mir leid. Vor einem Jahr hat er seine Frau verloren. Er geht immer etwas gebückt, hat einen eckigen Kopf, Bürstenschnitt, ein ganz zerfurchtes Gesicht. Werkelt im Garten, verzieht sich bei Regen und Kälte in den Schopf, man hört ihn dort sägen und Holz spalten. Wenn er zum Telefonieren kommt, zieht er ein sauberes Hemd an und schlüpft in den Sonntagskittel. Er redet gerne über seine Kaninchenzucht. Aber heute mag ich nicht hinhören. Ich rufe nach der Mutter.

Die vertraulichen Gespräche sind mir lieber. Vor allem die, welche Colette führt. „Ich muss mal mit ihr reden", sagte kürzlich mein Vater. „Jetzt ist die erst zwanzig und hat noch ihr ganzes Leben vor sich. Krallt sich am erstbesten Bubi fest." – „Kennst du ihn?" wollte meine Mutter wissen. „Nein, wie kommst du denn darauf?" – „Ich dachte nur, weil du dich in dieser Herzensangelegenheit so engagierst." – „Tu ich gar nicht. Aber wir sind immerhin Nachbarn, da muss man auch ein bisschen Verantwortung mittragen."

Unser Telefon. Ich sehe es vor mir. Ein schwarzer Apparat mit Hörer und Drehscheibe zum Anwählen der Nummer. Festgeschraubt an der Wand. Im Gang oben, zwischen meinem Zimmer und dem der Eltern. Darunter ein Stuhl mit geflochtener Sitzfläche.

Es ist ganz still im Haus.

Diphterie

Zuerst kam ich dran, dann war meine Mutter an der Reihe. Zu reden ist hier von der Diphterie, einer lebensbedrohlichen Infektionskrankheit. Mit den üblichen Symptomen: Krankheitsgefühl, Fieber, bellender Husten, pfeifende Geräusche beim Einatmen. Schluckbeschwerden, der Hals geschwollen und wie zugeschnürt.

Am meisten profitierte ich persönlich von der Krankheit. Weil unsere Familie unter Quarantäne stand, durfte ich nämlich nicht an der Aufnahmeprüfung für die Bezirksschule teilnehmen. Man stellte mir aber auf Grund meines Zeugnisses eine Probezeit in Aussicht. Nach deren Bestehen sehe man von einer Prüfung ab. – Und als ich dann den Unterricht aufnehmen konnte, ergab sich eine durch die Krankheit bedingte Sehschwäche: Ich konnte nicht lesen, was der Deutschlehrer an die Wandtafel schrieb. Und wenn er mir stichwortartig das Wesentliche vorlas, konnte ich dies nur mit Grossbuchstaben notieren. Ich habe kürzlich beim Suchen auf dem Estrich noch ein Heft aus jener Phase gefunden: Auf einer Seite hatten höchstens vier Zeilen Platz. Ich muss zugeben, dass sich der Zustand nach einiger Zeit besserte. Das erwähnte ich nicht und konnte mich so weiterhin vor der ordentlichen Stoffverarbeitung drücken. Bis aus Versehen der Deutschlehrer in einem Französischheft blätterte, auf dem seit geraumer Zeit weit mehr als vier Zeilen Platz fanden.

Dann kam Mutter dran, mit der Diphterie. „Das schaff ich schon", versprach mein Vater. Und Mutter erstellte sofort eine Einkaufsliste. Nun muss man wissen, ich konnte mir

Vater nie mit einem Einkaufskorb am Arm vorstellen, das ging einfach nicht. Selbst heute, über ein halbes Jahrhundert später, will mir dies nicht gelingen. Damals funktionierte noch die „Frau-am-Herd-Theorie."

Aber die Not ist ein guter Lehrmeister, will man meinen.

„Kein Problem", lachte Vater und verliess das Schlafzimmer mit dem Einkaufszettel in der Hand. „Ich bin bald zurück." Dann hörte man ihn in der Küche hantieren. Kästen gingen auf und wurden zugeschlagen. Gefolgt von einem milden Fluchwort: „Sapperlot, ich finde den Korb nicht. Wo hast du nur den Korb versteckt?" Dank Mutters kundiger Anleitung war es dann doch so weit. „Ich bin bald zurück. Moment, ich habe den Zettel verlegt, weisst du vielleicht …"

Schliesslich verliess er das Haus. Ich sah ihm durchs Fenster nach, wie er über die Bachbrücke ging – vorsichtig, als wäre er von neugierigen Blicken bedroht –, jetzt in den Weg einbog, der zur Hauptstrasse führte, beidseits gesäumt von Gärten und Häusern. Ein Spiessrutenlaufen, wie ich mir vorstellte. Ich spürte, wie ich immer noch schwach war und ging schnell wieder ins Bett.

Um es kurz zu machen. Er hatte nur den Salat vergessen – er sagte zwar, er habe darauf verzichtet, weil er unter den schweren Beilagen zerdrückt worden wäre – und machte sich nun daran, Fleisch nach genauen Erklärungen des Metzgers in Frikadellen zu verwandeln.
Mir ist der Gestank in Erinnerung, der plötzlich das Haus erfüllte. Und der Rauch. „Ich glaub, wir müssen die Feuerwehr avisieren", meinte Mutter. Und Vater: „Ich wollte mich

doch nur ein bisschen hinlegen. Aber wenn das Schicksal zuschlägt, hast du keine Chance." Schliesslich stand Mutter auf, öffnete die Fenster, sah in den Korb und sagte: „Nun, so schlimm ist es auch nicht. Du hast ans Brot gedacht."

Nun war Vater an der Reihe. Das hatte er nicht erwartet. „Und ausgerechnet jetzt, wo die Firma ..." Ich weiss", sagte der Arzt am Krankenbett, „du bist unersetzlich. Aber ein Schuss vor den Bug kann ganz heilsam sein. Etwas mehr Gelassenheit, mein Lieber. Ruhe, besinnliche Momente." – Mein Vater blieb hartnäckig. „Wenn wir schon bei der Schiesserei sind: Ich bin ausreichend bedient mit dem Hexenschuss, der mich im Herbst regelmässig heimsucht."

An Vaters Leidenszeit habe ich gute Erinnerungen. Mutter fühlte sich besser, erledigte die üblichen Hausarbeiten. Alles dauerte zwar etwas länger, und zwischendurch musste sie sich wieder hinlegen. Eine Nachbarin übernahm die Einkäufe.

So schafften wir uns behutsam zurück in den Alltag.

Boskoop

Das Apfelmus, das Mutter auftischte, hatte ich am liebsten, wenn sie dazu Boskoopäpfel verwendete und das Mus sich abkühlen liess. Allein die Erinnerung erzeugt im meinem Mund wieder diesen wundersamen Geschmack des fruchtigen Fleisches, dessen Süsse ein Säureanteil angenehm ausgleicht. Wobei zum Saisonbeginn der Reifegrad noch Wünsche offen liess.

Die Äpfel stammten von einem Baum, der auf der Wiese hinter meinem Elternhaus stand. Er hatte einen kräftigen Stamm, knorrige Äste und eine breite Krone.

„Heute gibt's Arbeit für dich", sagte meine Mutter. Es war einer jener heiteren Herbsttage, an denen der Sommer zum Abschied nochmals seine volle Strahlkraft entfaltet. „Wir essen unter dem „Boskoop" zu Mittag. Du weisst schon. Terrassentisch, Plastiktischtuch, Stühle aus der Kammer." – „Aber zuerst noch das Fallobst auflesen. Und zum Schluss Gedeck auftragen", fügte ich an. Ich war begeistert, tat wie geheissen und stellte alles unter dem Baum auf, wo der Boden zwar etwas uneben war, aber dichtes Laub ein angenehmes Schattendach spendete.

Geredet wurde bei uns am Mittagstisch wenig. Heute aber musste Vater seinem Ärger Luft machen. Gegen Mittag sei's heiss geworden. Und da habe ausgerechnet ein Lehrer mit seiner Schulklasse die Brennerei der Backsteinproduktion besucht. So was von mangelndem Taktgefühl: „Seht ihr", hat der Schulmeister gesagt, „was diese Leute hier erdulden müssen. Die haben einen unstillbaren Durst. Dort, in der Ecke, ja die Flaschen. Alle leer. Und der Ofen darf nie abgestellt werden. Im Winter erkälten sie sich oft, wenn sie bei jeder Kälte schweissnass draussen Kohlennachschub holen müssen. Ein schlimmer Beruf. Da geht's euch doch allen viel besser, seid dankbar, Kinder. Und jetzt könnt ihr den armen Leuten noch Fragen stellen."

Vater seufzte. „So geht das nicht, man muss aufhören mit solchen Besuchen. Das schlägt den Arbeitern aufs Gemüt.

Ab und zu ging ein leichtes Lüftchen durch die Blätter, erzeugte eine feine Melodie, die sich im Geäst verlor. Ich dachte an die reifen Äpfel, die schon bald an den Ästen hangen würden. Gelb, mit einer dunkelroten Färbung auf der Sonnenseite, spürte auf der Zunge die leicht raue Schale, das weiche, saftige Fruchtfleisch.

Am Stamm lehnte die Leiter, mit der ich meinen Hochsitz erreichte. Ich dachte an die kläglich gescheiterten Versuche, es mit Klettern zu schaffen. Sah hinüber zum Bach, der sich im wilden Buschwerk versteckte, und weiter oben zum Schulhaus, das ich besuchte. Ich hörte die Stimme des Deutschlehrers: „Pause! Lest nachher den Entwurf nochmals durch und schreibt dann den Aufsatz in Reinschrift."

Mein Blatt war leer. Ich brauchte keinen Entwurf. Zudem kannte ich die kritischen Kommentare meines Lehrers. „Die Arbeit ist etwas knapp geraten. Du hättest anschaulicher schreiben sollen. Zum Beispiel erfährt der Leser nichts über das Essen. Beschreibe die anwesenden Personen. Suche jeweils das treffende Wort. Du sprichst von einer Melodie, welcher Art (heiter, lustig …)?"

Fräulein Alder

Meine Mutter wünschte sich, dass ich das Klavierspiel erlerne. Es sei anspruchsvoller als die Blockflöte und übersichtlicher als die Geige. Sie erkundigte sich nach einer ernsthaften Instruktion. Ihre Wahl fiel auf Fräulein Alder, die streng sei und auch Hausunterricht erteile. Sie legten gleich einen ersten Termin fest; nach den Herbstferien; mir war es recht.

In meinen Träumen nahm ich den Termin vorweg.

Fräulein Alder stand vor der Haustüre. Eine grossgewachsene Frau mit etwas verhärmten Gesichtszügen, im schwarzen Wintermantel, eine Mappe in der Hand. Ich schob die Stubentüre wieder sorgfältig zurück und beugte mich erneut über meinen *Ludus latinus*. Mutter bat eben die Dame herein und nahm ihr den Mantel ab. „Ich gehe mal voraus", sagte sie und: „Vorsicht, verehrtes Fräulein Alder. Leider ist unser Stubenteppich etwas zerfranst, man hätte ihn längst ersetzen müssen. Aber wie es halt so ist mit alten Erbstücken. Vater hängt an ihm, eine Erinnerung an seine Tante aus dem Elsass. Die ist zwar längst gestorben, man hätte den Teppich daher leichten Herzens ersetzen können. Aber in dieser Sache hört er nicht auf mich. Sie wissen ja … Hier, bitte schön!" Sie stiess die Türe zur Stube auf. Das Fräulein sagte, sie sei der letzte Spross einer Künstlerfamilie, tat gleichzeitig einen Schritt nach vorn, verwickelte sich prompt an der gefährlichen Stelle, geriet in Schieflage und fiel der Länge nach hin. Sie arbeitete sich mit beiden Händen am Pianobein hoch, bis ihre Rechte kräftig auf die Tasten schlug. Es tönte schrecklich und ich fragte mich, ob eine gefühlvolle Frau … Aber sie kam mir zuvor. Ob ich ernsthaft mit dem Klavier arbeiten wolle oder nur auf das heute verbreitete anspruchslose Klimpern setze. Sie warf einen Blick auf mein Buch. „Soso", sagte sie. „Das lateinische Spiel, ludus latinus." Ihr Gesichtsausdruck hatte etwas Bedrohliches, so dass ich sagte, ich sei eher für das Klaschisse – sie korrigierte mich „für das Klassische", dabei entspannte sich ihre Mimik. Aber nur kurz, weil ich behauptete, ich hätte „das Klassische" gesagt.

Und so begann denn in meiner Traumwelt eine Serie von Missverständnissen, ich wurde in der Bewältigung von Tonleitern geschult und mit einem Stoss von Übungsetüden zugedeckt.

So hatte mir Eugen meinen Werdegang prophezeit. Eugen, der gleichzeitig eine Ausbildung auf der chromatischen Handharmonika absolvierte – nur für Kaffeehausmusik, wie er betonte, die Klaschisse interessiere ihn nicht.

So schlimm war es in der Realität nicht. Aber dann kam der entscheidende Moment. Eines Tages sagte sie, ich ginge mit den Tasten gefühllos um. Sie zeigte mir auf ihrem rechten Oberschenkel, wie ein gefühlvoller Fingerdruck zustande kommt und wies mich an, diesen sanften Krallengriff auf ihrem linken Bein zu probieren.

Das war sicher gut gemeint. Aber von da an hatte ich die Freude am Klavierspielen endgültig verloren und verweigerte die vertiefende Ausbildung. So mache das ganze keinen Sinn, meinte meine Mutter. „Wir suchen uns ein geeigneteres Instrument aus." – Mir war es recht.

Das Duell

Onkel Justus wusste Bescheid. Über die Menschheit vor allem. Das mag daher rühren, dass er in jungen Jahren eine dörfliche Theatergesellschaft auf die Beine stellte, mit der er jährlich aus dem reichen Fundus des Volkstheaters ein Rührstück zur Aufführung brachte, die allseits höchste Anerkennung fand. „Da geht es um Liebe und Eifersucht", erklärte er, „um Raub und Mord, um Ehre und Neid... was weiss ich ...", er verwarf beide Hände. Dann meinte er versöhnlich: „Da bekommt man durch intensive Auseinandersetzung mit dem Stoff doch einiges mit, was klärend in den Verlauf des eigenen Lebens einfliesst."

Auch wenn ich nicht alles verstand, seine fulminante Art der Weltschau gefiel mir, ich half ihm mit Fragen gerne auf die Spur.

Er hatte aber auch Sinn für Humor.

„Ein Duell, sagst du? Was ein Duell ist? – Ein Zweikampf halt." – „So was wie Schwingen?" Seit unsere Gemeinde das kantonale Schwingfest durchführten durfte, genoss diese Sportart in den grossen Pausen enormes Ansehen. – „Nein", Onkel Jules lächelte milde, „nein, ein Kampf mit Waffen. Pistolen zum Beispiel. Einfach gesagt, geht es um einen Ehrenstreit zwischen zwei Duellanten, nach festen Regeln und oft mit tödlichem Ausgang." – Der Onkel schwieg, zögerte, als müsse er sich in meiner Gegenwart den Härtefällen des Lebens verschliessen, dann sagte er: „Ich war mal dabei, als ein solches Duell stattfand." – Ich sah ihn ungläubig an. – „Nicht so, wie du denkst. Das war in einem Theaterstück, das ich in meiner Kindheit im Nachbardorf gesehen habe. Wovon das Stück im Detail handelte, weiss ich nicht mehr. Jedenfalls hatte ein Offizier einem Kollegen vorgeworfen, ihm gingen jegliche Führungsqualitäten ab. Der Beschuldigte forderte darauf seinen Beleidiger zum Duell.

Und dieses Duell, ich sehe es immer noch deutlich vor mir.

Ich sitze in der vordersten Reihe. Die Saallichter erlöschen, der Vorhang reisst auf. Die Kulisse zeigt eine Lichtung im Wald, es ist früher Morgen. Die Entfernung zwischen den beiden Streithähnen ist bereits festgelegt – 15 Meter sollen es sein, laut Theaterbroschüre. Alle Konditionen sind geklärt. Die Sekundanten, eine Beihilfe, laden die Pistolen, überreichen sie ihren Duellanten. Haben beide ihren Lauf auf den Boden gerichtet, verkündet der Unparteiische: „Mein Kommando wird lauten: 1-2-3-4-5-Schuss." – Er räuspert sich kurz, wirft einen prüfenden Blick auf die Szene.

Totenstille im Saal. Eine knisternde Spannung.

Dann: „Mein Kommando gilt! 1-2-3-4-5-Schuss." – Nichts passiert. – Ladehemmung? – Man wiederholt das Prozedere: „1-2-3-4-5-Schuss." Aber auch diesmal keine Wirkung. Stuhlrutschen im Saal, verhaltenes Lachen. – Man duelliert sich zum dritten Mal: „1-2-3…" Die Duellanten – in weiser Vorahnung – lassen sich gleichzeitig fallen – „4-5-Schuss!" Umsonst. Ein paar Gäste ganz hinten beginnen zu klatschen. „Gebt ihnen noch eine Chance!" schreit ein Besucher. Die Lacher setzen sich durch die Reihen fort, der Beifall schwillt an, die Duellanten stehen auf und …

Anderntags hält der Rezensent vom „Tagblatt" abschliessend
fest:

**„Und unter Beifall sondergleichen
verneigten sich die beiden Leichen."**

Umsteigen

Ich legte das Thermometer weg. Erhöhte Temperatur, ein hartnäckiger Husten. Vielleicht doch besser, dass ich mich für ein Treffen der Maturaklasse abgemeldet hatte. Es würde ähnlich verlaufen wie in den vorherigen Begegnungen. Man war sich schnell wieder nah. Der zeitliche Abstand schien bedeutungslos. Die altbekannten Erinnerungen lebten wieder auf.

Aber ehrlich: Der eigentliche Grund für den Entscheid ging wohl auf eine Erfahrung zurück, die ich kürzlich gemacht hatte.

Ich sass im Schnellzug Richtung Zürich. Streckte die Beine und lehnte mich in den Sessel zurück. Ich spürte wieder meine alten Kreislaufprobleme, fühlte mich müde und unsicher und wollte deshalb rechtzeitig wieder zu Hause sein. Ich blätterte im Fahrplan und sah, dass ich in Zürich umsteigen musste. Zehn Minuten würden reichen. Ich telefonierte kurz mit meiner Frau. Zum Nachtessen sei ich zurück. Ob mich um 18.00 jemand am Bahnhof abholen könne. „Kein Problem“, sagte sie. „Reg dich nicht auf, wichtig ist nur, dass du gesund und heil wieder heim kommst.“

Ein wohliges Schweregefühl überkam mich. Das Gespräch mit dem Architekten war gut verlaufen. Dem Umbau des Ferienhauses stand nichts mehr im Wege. Ich schloss die Augen.

Dann weckte mich eine Durchsage: „Nächster Halt Zürich Hauptbahnhof. Achtung, Achtung! Der Bahnhof ist im Fussballfieber. Halten Sie sich bitte an die Weisungen der Polizei. Bleiben Sie ganz ruhig. Sie kommen sicher zu Ihren Anschlussverbindungen. Unsere Ordnungshüter sind auf solche Zwischenfälle bestens vorbereitet." – Ich sah mich um. Ein paar Fahrgäste hoben ihre Mappen und Koffer aus den Ablagen und strebten mit ernsten Mienen dem Ausgang zu.

Der Zug war langsamer geworden, schlingerte leicht über eine Weichenkombination und glitt nun dem Perron entlang zur vorgesehenen Haltestelle. Ein Blick aus dem Fenster verhiess nichts Gutes. Fussballfans in Clubleibchen, mit einer Bierflasche in der Hand, mischten sich provokativ unter die Passanten. –

Dann stand der Zug, die Türen gingen auf, und gewaltiger Lärm schlug uns entgegen. Für einen Moment dachte ich, die Welt sei verrückt geworden. Lautsprecherdurchsagen gingen unter im Mix aus Trommelwirbeln, Sprechchören, Knallkörpern und kakophonen Klängen einer Guggenmusik.

Jetzt sah ich die bewaffneten Polizisten. Sie hatten sich auf dem Perron zu einem geschützten Kordon aufgestellt, in dem wir zum Ausgang geführt wurden. Begleitet von Angetrunkenen, die mit frechen Sprüchen die Ordnungshüter provozierten.

Im Bereich der Kioske und der grossen Anzeigetafel trieben sich johlende und grölende Fangruppen herum. Polizisten und weitere Ordnungskräfte versuchten, sich bildende kampflustige Horden einzuengen. In der Nähe des Treffpunkts explodierte ein Feuerwerkskörper.

Mein Zug war auf dem äussersten Perron stationiert. Hier hatte sich die Situation beruhigt. Leicht benommen bestieg ich den ersten Wagen, ging an leeren Abteilen vorbei und liess mich am Ende in einen Sitz fallen.

Ich schloss die Augen, freute mich auf einen friedlichen Abend im Kreis der Familie. Aber das Erlebte war übermächtig. Ich wurde die Bilder nicht los. Wie konnte so etwas passieren? Und wie ich so ins Grübeln geriet, schreckte ich plötzlich auf: Die Waggontüre stand offen. Eine ältere Frau im schwarzen Mantel trat ein, sah sich kurz um, zog die Türe ins Schloss und nahm Platz beim Eingang. Sie trug einen schwarzen grossen Hut, dessen breite Krempe mit Schleier ihr Gesicht leicht verdeckte. Eine imposante Erscheinung, dachte ich. Passt so gar nicht in das aktuelle Zeitbild. – Und dann war mir auf einmal, als sei noch jemand zugestiegen. – Ich musste mich getäuscht haben. Denn jetzt ging ein Ruck durch den Wagen, der Zug fuhr langsam an: Mir war, als schleiche er sich leise aus der Halle.

Da knallte die Türe auf und ein Mann von kräftiger Statur stand im Rahmen. Sein Schädel war kahl geschoren. Er trug zerrissene Jeans, ein farbiges Hemd mit geöffnetem Kragen: Er warf einen prüfenden Blick durch den Wagen. Ich duckte mich in die Ecke. Und dann das Unglaubliche: „Sie alte Schachtel", er wandte sich der Frau zu, „was soll der Aufzug? Scheisse. Ja, Sie sehen Scheisse aus. Eine Zumutung für Mitreisende. So etwas wie Sie dürfte nicht mehr öffentliche

Verkehrsmittel benutzen." Er lachte schallend. Die Frau rührte sich nicht.

Ich wusste nicht wie reagieren.

Ruhig bleiben, dachte ich. Nur nicht auffallen. Der Schaffner wird gleich seinen Kontrollgang aufnehmen. Aber da fiel mir ein, dass es immer mehr auch Zugskompositionen ohne Begleitpersonal gibt.

Da meldete sich der Eindringling erneut: „Schlampe", rief er. „Auf nobel getrimmt. Was? Geld spielt keine Rolle. Das hört man gern. Nützt Ihnen jetzt nichts mehr." – Pause. –

Ich bin wie gelähmt. Ich muss unbedingt …

In diesem Moment ertönt die Durchsage: „Nächster Halt: Baden. Reisende nach …" – Der Zug wird langsamer. „Ich bin gleich zurück", schreit der Mann. – „Ich bin gleich zurück. Galgenfrist nennt man das." Er reisst die Türe auf, lacht höhnisch. Der Zug steht. Ich schau aus dem Fenster. Der Mann ist auf dem Perron, besinnt sich einen Moment, rennt plötzlich auf den Abgang zu und verschwindet in der Unterführung.

Erleichtert schaue ich zur Frau beim Eingang. Sie ist nicht mehr da.

Dieser Tage erhielt ich ein Schreiben des Maturakollegen, der Eckdaten unserer Biographie in einer Chronik sammelt und für regelmässige Kontaktnahmen sorgt. Mit Foto der munteren Schar Achtzigjähriger. Und einem Bericht zur Tagung im

Flüeli-Ranft Er erwähnt den befremdlichen Umstand, dass wir wenig voneinander wüssten von der Zeit zwischen Matura und heute. Und passend zum Bruder Klaus-Jubiläum sollten wir den Rat des Nationalheiligen annehmen und bei nächster Gelegenheit „aufeinander hören".

Anmerkung

„aufeinander hören" spielt auf die Stelle eines Briefs an, den Bruder Klaus ein Jahr nach dem Stanser Verkommnis an den Rat von Bern schreibt: „Darum sönd ir luogen, dz ir enandren ghorsam syend." Darum sollt ihr euch bemühen, einander gehorsam zu sein.

Der Ausdruck „gehorsam sein" meint hier etwas anderes als „Befehlen folgen". Er stammt vom Wort „horchen" her, und dieses meint: aufmerksam auf etwas hören. Dabei geht es um die politische Kommunikation. Und zwar um die Achtung des Gegners. Er ist ein gleichberechtigter Mitspieler in der Demokratie. Man hört ihn an, bedenkt seine Meinung und attestiert ihm grundsätzlich den guten Willen.

(Peter von Matt, BRUDER KLAUS UND DIE SELBSTFINDUNG DER SCHWEIZ, Rede an der Gedenkfeier am 30. April 2017 auf dem Landenberg in Sarnen)

Deckspiele

Deckspiele auf Kreuzfahrtschiffen sind beliebt. Ob Bingo, Tanzwettbewerbe, Verkleidungsspiele, Wasservergnügen ... Und alles reisserisch aufgemacht und überlaut.

Ich sah von der Bartheke aus dem bunten Treiben eine Weile zu. Aber da hielt es mich nicht. Ich griff nach dem Buch, in dem ich lesen wollte und stand auf, als mich ein Nebenmann ansprach: „Nicht Ihr Ding, was?" Er trug eine Galauniform mit weisser Jacke und schwarzer Hose. Lange, graue Haare hingen ihm etwas wirr ins sonnengebräunte Gesicht. Eine Perücke, ging mir durch den Kopf. – „Nein, wirklich nicht", sagte ich und hob zum Abschied die freie Hand. Doch er hakte gleich ein: „Geht mir genauso. Aber wenn Sie kurz Zeit haben, mein Gott, hier haben ja alle Zeit". Er winkte einen Kellner herbei. „Zwei Johnny Walker, für mich und – wenn's Ihnen recht ist – für ..." Ich nickte.

Und dann erzählte er, wie viel origineller und anspruchsvoller das Unterhaltungsangebot früher auf Kreuzfahrten gewesen sei. „Ich erinnere mich an eine Kulturreise im Mittelmeer. Da fand gegen Ende der Fahrt ein literarischer Wettbewerb statt. Ausgetragen in einer Lounge des Yachtdecks, einer wahren Wellnessoase. Da konnten Teilnehmer eine Geschichte erzählen, und im Anschluss daran mussten die Zuhörer beurteilen, ob das Vorgetragene der Wahrheit entsprach oder lediglich ein Phantasieprodukt des Erzählers war. Wer die meisten Treffer landete, gewann einen Reisegutschein.

„Ja, die Kundschaft von damals. Die stellte Ansprüche. Das einfache Volk konnte sich eine solche Kreuzfahrt gar nicht leisten. Und heute? Heute gibt der Plebs den Ton an."

Draussen wurde die Lautstärke der Bordmusik zurückgefahren. Der Animator kündigte ein Rangverlesen mit Preisverteilung an und wies auf den nächsten Event hin. – Mein Nachbar schüttelte den Kopf und hob sein Glas: „Ein Schluck auf … Ja, worauf wollen wir anstossen?" – „Auf die alten Zeiten!" schlug ich vor. Aber so ganz wohl war mir nicht dabei.

„Wir sollten's auch mal ausprobieren", sagte ich zu meiner Frau, als ich in die Kabine zurückkehrte. Sie war gerade am Schreiben von Kartengrüssen. – „Was denn ausprobieren?" – Ich erzählte von dem seltsamen Passagier und den Annehmlichkeiten der Kategorie „Yachtclub". Meine Frau legte den Stift weg: „Ich geh mal aufs Deck frische Luft schnappen. Kommst du mit?" – „Lieber nicht. Ich leg mich kurz hin, hab heute wohl etwas viel Sonne erwischt."

Abends ging ich früh zu Bett. Doch zur Ruhe kam ich vorerst nicht. Irgendetwas legte sich auf meinen Magen. Eine Mahlzeit, die mir nicht bekam? – Ob wir die Reiseapotheke eingepackt hatten? Ich wollte nicht stören, meine Frau war immer noch am Schreiben. Um mich abzulenken, dachte ich an den Mann in der Galauniform. An mögliche Geschichten. Ob mir in einer ähnlicher Situation etwas einfallen würde? Ich stellte mir die Lounge vor: Theaterbestuhlung, Polstersessel. Teilnehmer. Merkwürdig, ich sah lauter bekannte Gesichter, Berufskollegen, Freunde. Jetzt, sichtlich erfreut über den grossen Aufmarsch, erhob sich der Rektor unserer Schule und erklärte, wie er sich den Ablauf vorstelle. Er wäre froh, wenn sich ein alter Hase als erster Bewerber anbiete, – er winkte mir zu –, „sind es doch die Weisheit und die Abgeklärtheit des Alters, die uns auch in Extremsituationen bestehen lassen. Aber fünf Minuten Vorbereitungszeit stehen auch unserem ersten Poeten zu."

Ich musste kurz eingeschlafen sein, als ich aufschreckte. Es war meine Frau. „Entschuldige, dass ich so spät dran bin, aber das „Kartenproblem" ist gelöst. Es sind noch zwei längere Briefe dazugekommen." Sie drehte das Licht aus. „Ich mag das Rauschen des Meeres. Es weckt Erinnerungen, lädt ein zum Träumen. Schlaf gut!" – „Du auch!" Ich wollte noch fragen, ob eigentlich ein Arzt an Bord sei. Mit Nachtdienst. Aber ich kam nicht dazu, ich hatte eine Idee.

Am Mittagsbuffet

Ich stand an der Fleischvitrine und hob mit der Schaufel ein Stück Beefsteak in meinen Teller. Mein Nebenmann bediente sich ebenfalls. Nur schnitt er sich davon kleine Fleischstücke, drehte sie nach allen Seiten, studierte sie sorgfältig und trat mit dem Teller aus der Reihe. Ich sah ihm nach. Er war ganz in weiss gekleidet, mit einer dekorierten Mütze, die höheren Offizieren zustand. Ich schloss daraus, dass er Gewebeproben entnahm und sie nachträglich genau prüfte. Vermutlich waren von verschieden Passagieren Vorbehalte eingegangen, es bestand Verdacht auf bakterielle Befälle von Fleisch. Ich wollte zuerst mein Steak wieder zurücklegen, sagte mir aber, solche Zweifel seien auf einem Luxusschiff nicht angebracht, nahm das Stück mit und verzehrte es, ohne an mögliche Folgen zu denken.

Am nächsten Morgen waren die Bauchschmerzen weg.

Beim Frühstück fragte meine Frau: „Was ist eigentlich aus deiner Idee geworden?" – „Oh, nichts Besonderes", brummte ich, „zudem fehlt der Schluss. – Übrigens, nur so nebenbei: Funktioniert eigentlich die medizinische Versorgung in der Nacht?" – „Warum sollte sie nicht?" Meine Frau sah mich mit grossen Augen an. Ich winkte ab: „Kleiner Scherz!"

Ich hätte gern noch einmal mit dem Mann in der Galauniform gesprochen. Aber er war wie vom Erdboden verschwunden.

Ich erkundigte mich an der Rezeption. „Ach, den meinen Sie. Wässerige blaue Augen, schütteres weisses Haar." – „Ich dachte eher an eine Perücke." – Die Dame kicherte: „Ich weiss, etwas eitel, unser alter Kreuzfahrtdirektor. Liess sich vorzeitig pensionieren. Schifft gelegentlich ein für eine Kreuzfahrt. Verlässt uns aber meist an irgendeinem Hafen seiner Wahl. – Gut, er kennt das ja aus dem Effeff."

Hundeliebe – ein Monolog

Hoheit, darf ich Sie erinnern:

Ihre Vorfahren waren Palasthunde am chinesischen Kaiserhof. Hoch verehrt und mit grosser Sorgfalt gezüchtet. Dienten als Bewacher buddhistischer Tempel. Welch glanzvoller Auftritt in der Entwicklungsgeschichte der Pekinesen (auch Löwenhunde genannt). Der Legende nach wurde Buddha von kleinen Löwenhündchen begleitet, die sich vor Feinden in Löwen verwandelten.

Hoheit, darf ich Ihnen gestehen:

Ich beobachte Sie, wenn der Gebieter Sie ausführt. Ich bewundere Ihr üppiges Haarkleid, die pikante schwarze Pigmentierung von Nase, Lefzen und Lidrändern.

Mir gefällt Ihr mässig langes Haar, mit einer Mähne, welche wie ein Schal rund um Ihren Hals bis zur Schulter zieht. Oh Anmut, oh Liebreiz. Ich halte Sie für selbstbewusst und mutig, aber auch für anhänglich und verschmust, zudem für mässig im Ton; als Wachhund üben Sie Zurückhaltung.

Hoheit, darf ich mich Ihnen kurz vorstellen:

Auch mir ist das Sakrale nicht fremd. Ich bin geborener Bernhardiner. Meine Ahnen lebten bei den Augustiner-Mönchen des Hospizes auf dem Grossen St. Bernhard und wurden als Lawinenhunde genutzt. Unsere Rasse – verzeihen Sie – ist etwas massig geraten. Aber meine Widerristhöhe liegt noch unter 80 cm. Nehmen Sie's mir nicht übel, wenn ich mein Wesen als sanftmütig und liebevoll bezeichne. Auch unsereiner hat das Schmusen in den Genen.

Ein Ahne hat über 40 Menschen, die in eine Lawine gerieten, das Leben gerettet. Ich selber konnte mich nicht mehr in dieser Sparte bewähren. Leider haben andere Rassen unsere Aufgabe übernommen.

Hoheit, darf ich Ihnen offenbaren:

Ich suche eine Partnerin und möchte die Zeit nutzen. Modalitäten wie Treffpunkt und Zeitplan wären noch auszuhandeln.

Hoheit, darf ich Sie beruhigen:

Meine Rasse wird nicht alt. 6 bis 8 Jahre sind üblich. Sie müssten also die Zweisamkeit nicht allzu lange erbringen.

Ich verbleibe mit dem schuldigen Respekt,

Ihr Nachbar an der Kette.

Hochamt

Das war im Sommersemester. Ich wohnte damals noch bei den Eltern und pendelte täglich mit dem Zug zwischen Wohn- und Studienort. In der morgendlichen Randstunde am Donnerstag fand eine Vorlesung über Rainer Maria Rilke statt. Der Besuch war Kult. Die Interpretationen des Dozenten liessen aufhorchen: Er erklärte das Gefühl zur Basis seiner wissenschaftlichen Arbeit. Verstieg sich sogar zur Aussage, was ihn verlocke, sei gut und richtig. Das Interesse war so gross, dass der Vortrag in die Aula der Universität verlegt werden musste. Eine nicht alltägliche Massnahme, der man scherzhaft unterstellte, die Vorlesung gerate nun mehr und mehr in die Nähe einer sakralen Handlung. Ein gängiges Bonmot qualifizierte sie gar als Elf-Uhr-Gottesdienst.

Die Aula unterschied sich von den nüchternen Hörsälen vor allem durch ihre opulente Ausstattung. Die Wandfläche war mit grau-violetten Marmorplatten verkleidet. Ein Stuckfries umlief den Raum bis unter die mit Stuckrosetten geschmückte Kassettendecke. Seitlich öffneten sich die Wände zu je einer mit Holz vertäfelten Empore hinter Balkonen. In der einen war eine gestiftete Orgel. Nach hinten verlief die Aula in einer Rundung. Hohe Bogenfenster mit roten Vorhängen schlossen sie teilweise ab.

Entsprechend ihrer eigentlichen Aufgabe als Repräsentationsraum waren hier keine Pulte vorgesehen. Zur Verfügung standen lediglich Stühle, wohl über 200 an der Zahl.

In der vordersten Reihe hatten ältere Damen aus der Hautevolee vorzeitig die besten Plätze bezogen. In edles Schwarz gekleidet, mit weissem Schal und aufgesetztem breitrandigem Hut.

Mag sein, dass ihr Auftritt dem Anlass eine feierliche Note verlieh. Heute, über ein halbes Jahrhundert später, erinnern sie mich vor allem an eine Gerichtsszene mit Miss Marple, der schrulligen Dame in Verfilmungen von Agatha Christies Kriminalromanen. Wobei ich diesen Frauen, die dem Dozenten an den Lippen hingen, nicht unrecht tun möchte – ich hatte nie die Ehre, sie näher kennen zu lernen –, aber der detektivische Scharfsinn jener Miss ging ihnen wohl ab. – Wenn man überhaupt Detektivarbeit mit Interpretationskunst vergleichen darf.

Hinter den, sagen wir mal, Vertreterinnen der besseren Gesellschaft, liessen sich nach und nach auch die Studierenden nieder, dicht gedrängt. Stuhl neben Stuhl. Einen Notizblock auf dem Schoss.

Ich sass im Mittelfeld der eingeschriebenen Hörer. Bestens ausgerüstet mit Papier und Schreibzeug und wartete auf den Dozenten. Da ging die Türe auf, die Gespräche brachen ab. Der Professor trat ein, im älteren grauen Anzug und mit schwarzer Krawatte, schritt zum Katheder und legte sein Skript auf. Mein Nachbar zur Linken stiess mich an: ob ich einen freien Stift hätte, leider habe er ... als sich bereits der von rechts einmischte: „Eine Seite deines Notizblocks? Ja? Dummerweise in der Mensa ..." Aber da drehte sich schon der Vordermann um und fragte nach einem Rotstift. – „Wie bitte?" Das hörte wohl nie auf. Ich konzentrierte mich bereits auf einen Bittsteller aus der Reihe hinter mir.

Die Stimme des Dozenten rückte in unbestimmte Ferne.

In Gedanken war ich bei meiner Zürcher Tante. Ich besuchte sie regelmässig vor dem „Hochamt", wie wir beide die Vorlesung despektierlich benannten. Sie schätzte diese Besuche, hatte aber die leidige Gewohnheit, mir zuhanden meiner Mutter Kostbarkeiten aus dem eigenen Blumen- oder Gemüsegarten zusammenzustellen. Grosszügig. Unerbittlich. „Eine Kleinigkeit", sagte sie jeweils, wenn sie mir das Ganze übergab und: „Zum Glück hast du die Mappe dabei." – Heute waren es Salatsetzlinge. Und etwas Erde. Eingewickelt in eine alte Ausgabe der „Schweizer Familie" und mit einem feinen Gummibändchen zusammengehalten.

Der Dozent kam gerade auf Rilkes Grabinschrift zu sprechen, als ich verzweifelt meinen Kittel nach einem Stift absuchte. Umsonst. Ich dachte daran, wie ich eben mein Werkzeug selbstlos an meine Kommilitonen verteilt hatte. Aber da war ja noch die Mappe.

Ich langte unter den Stuhl, zog sie hoch. In der Eile dachte ich nicht mehr an die Gabe meiner Tante, machte eine ungeschickte Bewegung und entleerte dabei den Inhalt. Was in der näheren Umgebung mit Kopfschütteln und Zischlauten geahndet wurde. Der Professor starrte mit bekümmerter Miene ins Plenum. Ein stiller Protest gegen die Widrigkeiten des Alltags. Dann fand er zurück zu der Stelle, auf die er seinen Merkfinger gesetzt hatte.

Ich versuchte mit Hilfe meines Notizblocks, Salat und Erde zu häufen und schob schliesslich alles in die zur Tüte geformte Ausgabe der NZZ, die ich morgens am Bahnhofkiosk gekauft hatte.

Sorgenvoll sah ich, wie der Stift meines Nachbarn übers Papier glitt. „Rose, oh reiner Widerspruch", las ich und „Lust, Niemandes Schlaf zu sein unter so viel Lidern." – Da hatte ich wohl einiges verpasst.

Nach der Vorlesung reichte man mir dankbar das geliehene Material. – Der vom „reinen Widerspruch" sagte sogar, er würde mir seine Unterlagen kopieren. Ob ich ihn schnell begleiten möchte.

Unterwegs erzählte ich von meiner Tante. „Oha", meinte er. „Da hast du ein echtes Problem. Von Shakespear'schem Ausmass, sozusagen: Tante oder nicht Tante, das ist hier die Frage."

Protokoll

Ich sass am Frühstückstisch und sah, wie sich von der nahen Blautanne eine Amsel löste, zum Vorplatz des Hauses flog, in die Fensterscheibe klatschte, abstürzte und mit einem dumpfen Geräusch im Korb mit Gartenwerkzeug aufschlug.

Ich stand auf und eilte hinaus. Der Vogel lag fest eingeklemmt zwischen einer Grabschaufel und einer Gartenschere. Ich fasste nach dem kleinen Körper. Er war ganz warm, sein Herz klopfte wie wild. Der Kopf mit den schwarzen Kugeläuglein ging aufgeregt hin und her. Ein Flügel war offensichtlich gebrochen. „Tut mir leid, kleiner Freund", sagte ich, „das wird wohl nicht mehr. Alle Reisen enden einmal." Dann schwieg ich. – Die Amsel schien sich zu beruhigen.

Da setzte plötzlich ihr Herz aus und kehrte nicht mehr zurück.

Ich befreite das Tierchen vorsichtig aus seiner Notlage, umfasste es mit beiden Händen und trug die kleine Leiche hinab in unser Gehölz, wo ich sie unter ein junges Tännchen legte.

Leise rieselt der Schnee

Es war in der grossen Pause nach den Sommerferien, als uns der Chorleiter eröffnete, dass die Schule sich wieder einmal als Gemeinschaft in der Öffentlichkeit zeigen sollte. Der Rektor war vorsichtig. Er erinnerte daran, dass wir primär einen Leistungsausweis erbringen müssten, der selbstverständlich auch erzieherische Aufgaben beinhalte.

Er hätte es gerne etwas konkreter, meinte ein Deutschlehrer. Der Chorleiter fasste zusammen. Es gehe um D Zäller Wiehnacht, ein musikalisches Krippenspiel, eine eigentliche Schuloper. In schweizerdeutscher Sprache.

Auf welchen Zeitpunkt das Unternehmen geplant sei, wollte ein Französischlehrer wissen. Der Titel lasse Weihnachten vermuten, einen Zeugnistermin. Da seien erfahrungsgemäss im Vorfeld diverse Zensuren eingeplant. Deshalb sollte der normale Schulbetrieb möglichst störungsfrei verlaufen.

Ein Deutschlehrer beanstandete die Mundartfassung. Die sei nach seiner Meinung schlicht und einfach nicht stufengerecht und … Da schrillte die Pausenglocke. Der Chorleiter sagte, er lade die Interessierten gerne zu sich nach Hause ein. Er würde eine Tonbandaufnahme der Oper abspielen, damit sich das Gremium ein besseres Bild machen könne.

Diese Ankündigung datiert aus dem Jahre 1967. Ein nicht gerade verheissungsvoller Beginn, wird man sagen. Doch in der Folge kehrte sich alles zum Guten. Die eingangs geäusserten Bedenken der Lehrerschaft erwiesen sich als nichtig. Und bei den Schülern und Schülerinnen stiess das Unternehmen auf Begeisterung. Die Proben wurden schon bald in die katholische Kirche verlegt. Ein stimmungsvoller Ort, der zudem Platz für ein grösseres Publikum bot. Und in der Tat: Man spielte mehrmals vor vollen Bänken.

Und dann kam die letzte Aufführung, angesetzt am frühen Abend. Man besprach vorgängig mit den Schülern die Heimkehrmöglichkeiten. Laut Wetterbericht war in der Nacht mit Schnee zu rechnen. Viele wurden von ihren Eltern mit Privatautos abgeholt, andere übernachteten bei Freunden oder benutzten den offiziellen Bus. Den Darstellern offerierte die Schule im Pfarrsaal einen kleinen Imbiss. Die Lehrerschaft verzog sich zu einem Abschiedstrunk in eine örtliche Wirtschaft.

Als ich zum Parkplatz ging, fielen Schneeflocken vom nachtdunklen Himmel, die schnell dichter wurden. Weisse Weihnachten, dachte ich. Weisse Weihnachten. Das setzte einen würdigen Schlusspunkt unter unser erfolgreiches Unternehmen. Ich stieg in meinen VW Käfer und schob eine Weihnachts-CD ins Fach. „Leise rieselt der Schnee", sang ein Chor. Ich betätigte den Scheibenwischer und fuhr los.

In der Wirtschaft schwärmten alle von der Aufführung, man prostete sich gegenseitig zu. Es sei zwar ein Wagnis gewesen, aber getragen von der Gemeinschaft, habe die Schule schliesslich ein Zeichen gesetzt, das man nicht so schnell vergessen werde.

Zu später Stunde stampfte noch der Dorfweibel in die Gaststube. „Schnee, Schnee und nochmals Schnee", schimpfte er, fasste dann mit einer Hand nach der Dienstmütze, streifte mit der andern den Schnee ab und hängte sie an den Huthaken in der Garderobe. Dann schlüpfte er aus dem grünen Ordonnanzmantel, schüttelte ihn aus und knurrte: „Soll doch der Teufel die Polizeistunde kontrollieren." – „Du hast schon erstaunliche Beziehungen", rief jemand und löste allgemeines Gelächter aus. Gefolgt von einer eigentlichen Aufbruchsstimmung.

Ich bestellte noch einen Espresso. Da kam ein Kollege auf mich zu. Ich solle doch schnell in den Gang kommen. „Zwei Mädchen aus deiner Klasse haben offenbar den letzten Bus verpasst. Ob du sie fahren würdest. Daheim nehme niemand das Telefon ab." – Ich war verärgert und müde. Wollte möglichst schnell zu Hause sein. Offenbar hatten sich die beiden nicht an unsere Informationen gehalten. Aber statt hier noch viel Zeit mit Erklärungen und Schuldzuweisungen zu verlieren, erklärte ich mich einverstanden.

Schliesslich sassen wir in meinem VW Käfer und fuhren los. Die Mädchen waren auf dem Hintersitz und tuschelten miteinander. Mir war nicht ums Reden. Johanna war neu zugezogen und hatte Mühe, in der Klasse heimisch zu werden. Yvonne war eine Frohnatur. Ich hatte sie gebeten, Johanna nach Möglichkeit zu helfen. Ich zweifelte nicht am Gelingen, obwohl ich den Eindruck hatte, Yvonne sei in letzter Zeit etwas ruhiger und nachdenklich geworden. Mädchen halt, dachte ich, das kommt schon wieder.

Das erste Problem war ich bald los. Johanna wohnte im Nachbardorf, und zwar an der Hauptstrasse. Ein Schneepflug hatte diese inzwischen freigemacht, aber eine neue

Schicht baute sich auf. Das Mädchen stieg aus, dankte und wünschte uns gute Fahrt.

Yvonne wohnte im nächsten Dorf. „Auf einem Hof", sagte sie. „Nicht zu verfehlen. Am Dorfausgang einfach dem Wegweiser folgen." – Ich hatte dabei ein mulmiges Gefühl. Bat sie, vorn Platz zu nehmen. „Vier Augen sehen mehr als zwei!" – Ich fuhr an. Yvonne war guter Dinge: „Das Ganze erinnert mich an ein Gedicht aus der Primarschulzeit. Den Anfang weiss ich noch auswendig:

Isch ächt do obe Bauwele feil?
Sie schütten eim e redli Teil
In d'Gärten abe und ufs Hus;
Es schneit doch au, es isch e Gruus."

„Schön", sagte ich, „sehr gut" und wollte die Folgeverse beisteuern. Aber ich sagte nur: „Konzentrieren wir uns auf die Strasse."

Dann waren wir auf dem Nebenweg. Er unterschied sich kaum vom umliegenden Gelände. Seine Breite war nicht auszumachen. Gelegentlich dienten Pfähle als Orientierungshilfen. Nach einem kurzen Flachstück fuhr ich langsam hoch und erreichte problemlos den Wald. Ich atmete auf. Ein Gefühl neu gewonnener Sicherheit überkam mich. Vielleicht war es ein vorschnelles Nachlassen der Konzentration: In einer Kurve geriet ich zu weit links, trat auf die Bremse und schlitterte hilflos in einen Graben. Aussteigen war nur auf der Gegenseite möglich.

Ich legte den ersten Gang ein und trat vorsichtig aufs Gaspedal, doch die Räder drehten durch. Wie kommen wir da wieder raus? – Ich musste laut gesprochen haben. – „Kein Problem", meinte Yvonne." Ich gehe hinauf zum Hof und erzähle dem Vater, was passiert ist. Der wird hier auftauchen mit dem Traktor und das Nötige veranlassen." – „Und der verschneite Weg?" – „Mit Ketten schafft man das. – Und was mich betrifft: Ich könnte den Weg blind gehen, bin häufig hier unterwegs. Bei jedem Wetter. Warten Sie ruhig im Auto. Auf dem Hintersitz liegt eine Decke. Es wird kalt." Sie stieg aus. Und als sie ein paar Schritte entfernt war, drehte sie sich nochmals um: „Es kann dauern, eine Stunde, denk ich. Der Schneefall legt wieder zu. Und noch vielen Dank für die Fahrt." Sie zog die Kapuze tief ins Gesicht und winkte.

Nun war ich allein. Der Schnee fiel nach und nach so dicht, dass ich einzelne Bäume nicht mehr ausmachen konnte. Ich stellte den Motor ab und griff nach der Decke. Ein Blick auf die Uhr. Eine Stunde, hatte sie gesagt. Ich döste vor mich hin. Mit einem Mal war ich hellwach. Motorengeräusche? – Stille. – Ich hatte mich wohl getäuscht. Aber das Wort liess mich nicht los. Motorengeräusche? Der Traktor konnte unmöglich schon hier sein. Ein vorbei fahrendes Auto hätte wohl angehalten. – Aber da war noch etwas. Hatte mit Motoren zu tun. Plötzlich fiel's mir ein. Irgendwo hatte ich einmal gelesen, man müsse den Motor im Leerlauf drehen lassen. Eine solche Heizfunktion könne lebensrettend sein, wenn man im Winter irgendwo stecken bleibt und auf Hilfe warten muss. – Ich schaltete den Motor wieder an.

Ab und zu brach ein Ast, der seiner Bürde nicht mehr gewachsen war. – Und dann plagten mich schlimme Befürchtungen. Wenn das Mädchen den Hof gar nicht erreicht? Irgendwo ausrutscht, einen Hang hinunter schlittert, nicht mehr hochkommt …? – Ein Fall für die Medien, ging mir durch den Kopf. Ich sah die Schlagzeile vor mir: „Lehrer verletzt seine Aufsichtspflicht". – Dann hielt es mich nicht mehr im Wagen. Ich rutschte auf die Gegenseite, stieg aus und wollte mich auf den Weg machen. Aber da war keine Spur, der Schnee hatte alles zugedeckt.

Dann vernahm ich das Rattern eines Traktors, das Rasseln von Ketten. Eine erneute Täuschung? Nein, das klang echt, kam näher. Aber etwas stimmte nicht mit den Scheinwerfern. Dann begriff ich: Der Traktor fuhr rückwärts. Am Dach hing eine grosse Laterne, welche den Schauplatz ausleuchtete. – Als der Koloss stand, stieg ein bärtiger Mann mit schwarzem Filzhut, schwarzer Pelerine und hohen Stiefeln die Treppe hinunter. Er kam auf mich zu, grüsste knapp, sah sich kurz um und brummte: „Ich zieh den Wagen mit dem Schleppseil aus dem Graben. Dann steigen Sie ein. Gemeinsam fahren wir dann hinauf zum Wendeplatz gleich oben." – Er machte sich unverzüglich ans Werk. Bald ging ein kurzer Ruck durch den VW, dann kam er langsam hoch und landete sanft auf der Strasse.

Das alles kam mir vor wie ein Traum. „Ich …" – „Geht schon in Ordnung", unterbrach mich der Mann. „Ihr Wagen sieht gut aus, die Pneus sind praktisch neu. Aber ich löse das Seil erst, wenn wir oben ankommen. Sicher ist sicher – Ah, sehen Sie, der Schneefall lässt nach. Los geht's!"

Wir starteten unsere Fahrzeuge, fuhren vorsichtig an und erreichten problemlos den Wendeplatz.

Noch fielen vereinzelte Flocken, aber die Schneewolke zog weg. Der letzte Teil des Abenteuers konnte beginnen.

Ich bedankte mich bei meinem Nothelfer. Versprach, mich später wieder zu melden. Er murmelte etwas von „schon gut." Die Angelegenheit schien beiden irgendwie peinlich. Ein letzter Händedruck. Ich machte mich auf den Heimweg.

Als ich den Wald verliess, stand der Mond gross am Himmel und warf ein mattes Licht auf die verschneite Landschaft. Vorsichtig folgte ich den Pfählen, die mir den Weg wiesen.

Bevor ich in die Hauptstrasse einbog, hielt ich kurz an. Ein später Schneepflug ratterte vorbei und verschwand bei der nächsten Kreuzung. Dann war alles still. – Ich drehte die Heizung noch etwas auf und sah mich um. So heimelig und komfortabel war mir der Käfer noch nie vorgekommen.

****

Am ersten Schultag nach den Weihnachtsferien sortierte ich vor Unterrichtsantritt die Post in meinem Ablagefach. Darunter fand sich eine Information des Rektors: Nach langer, schwerer Krankheit ist die Mutter unserer Schülerin Yvonne N. gestorben. Ich bitte alle Kolleginnen und Kollegen, sich um 16.00 zu einer kurzen Sitzung hier einzufinden. Wir wollen gemeinsam besprechen, wie die Schule angemessen reagieren kann.

Die Gehhilfe

Die Hiobsbotschaft traf uns im Spital. „Wir müssen den Unterschenkel amputieren", sagte der Chefarzt. „Nur so kann die Frau weiter leben. Mit Einschränkungen, versteht sich." Und, als könnte er Gedanken lesen: „In Scheibchen operieren? Leider nein. Keine Salamitaktik. Die weckt nur Hoffnungen, denen die Enttäuschung folgt. Und wenn sich Enttäuschungen mehren, dann, ja dann ..."

Der Oberarzt nickte zustimmend.

Meine Mutter sagte: „Was sein muss, muss sein. Man kann auch mit einer Behinderung weiter leben."

Ein Übertritt ins Pflegeheim kam für sie nicht in Frage. Sie wollte nach der Operation so bald als möglich wieder zurück ins Eigenheim.

Ich war Lehrer, und mein Elternhaus lag in Schulnähe. Vor Unterrichtsantritt schaute ich oft bei meiner Mutter vorbei. Manchmal fand ich sie morgens in der Küche, wo sie auf dem kalten Steinboden lag. Sie kam aus eigenen Kräften nicht mehr hoch. „Die Gehhilfe", sagte sie, „die muss irgendwo liegen. Such mal im Gang."

Ich schob den Stummel in die Prothese und verband die Teile, so gut es ging. „Ich schick dir den Doktor vorbei." – „Nicht nötig", meinte sie, „du siehst ja selbst, es geht wieder."

Sie zeigte mit dem Stock zum gedeckten Küchentisch. „Ich weiss gar nicht mehr, warum ich gestürzt bin. Ich schob den Stuhl weg. Dabei muss es passiert sein. Wie ungeschickt. Ich wollte noch Kaffee aufbrühen. Da ist etwas, was du für mich tun könntest: Giess bitte Wasser in die Pfanne und stell sie auf den Herd. Und die Filter sind im Kasten. Und die Dose mit dem gemahlenen Kaffee. Übrigens, ich ziehe die Mischung vor, die ich seit Jahren gewohnt bin. Die Nachbarin hat mit was Neues vorgeschlagen. Für mich zu bitter. Und zu teuer."

Ich schaute auf die Uhr. „Brauchst du sonst noch was?" – Für einen Moment war alles wie früher: „Nein, geh jetzt. Du kommst sonst zu spät in die Schule. Nimm bitte den Einkaufszettel mit."

Blumen, dachte ich. Ich sollte ihr mal wieder Blumen mitbringen.

„Wie geht's ihr?" rief die Nachbarin von gegenüber. Sie stand mit dem Stock am Gartenhag. Ich hatte schon die Autotüre in der Hand. „Sie kennen Sie ja", sagte ich und: „Ich bin froh, wenn Sie mal reinschauen. Und vielen Dank für alles." Sie winkte kurz und machte sich am Briefkasten zu schaffen. Dann fuhr ich an. Im Seitenspiegel sah ich, wie sie mit der Rechten sorgfältig das Ablagefach abtastete.

Vom Loslassen

Die Informationsschrift lag auf im Wartezimmer unseres Tierarztes: *Letzte Option.*

Die Schrift betraf uns damals nicht. Wer gerade einen jungen Hund erworben hat, denkt nicht an dessen Ende. Aber der Inhalt – respektvoll und sachlich – prägte sich ein: Eine erste Spritze beruhigt den Hund. Wenn er tief und fest schläft, wird das eigentliche Narkosemittel in die Blutbahn gespritzt. Eine Überdosis bewirkt, dass er aufhört zu atmen und sein Herz nicht mehr schlägt. Der Hund ist sofort tot, spürt dabei nichts. Ein allfälliges Muskelzucken ist rein mechanisch. Eine Art Reflex, kein Ausdruck von Schmerz.

Dega, unser erster Hund, war ein schwarzer Labrador. Ein Energiebündel, eine Frohnatur. Unvergesslich der erste Sommer in unserm Haus am See. Die Hündin war sofort mit der neuen Umgebung vertraut. Sie lag auf der Ufermauer und beobachtete, wie ich mit den Kindern das Flachboot bestieg. Als ich nach dem Ruder griff, setzte sie zu einem Sprung an und landete vorne auf dem Boot. Aber sie konnte sich nicht festkrallen, schlitterte ins Wasser und tauchte unter. Genau an der Stelle, wo der Grund markant abfiel. Ich sah im klaren Wasser, wie Dega immer tiefer sank, war aufs Schlimmste gefasst. Aber plötzlich hatte sie die Situation im Griff. Schaffte sich energisch mit den Pfoten nach oben, schwamm ans Ufer und schüttelte sich durch.

Von da an begleitete Dega die Kinder auf allen Ausfahrten. Das Wasser wurde zu ihrem Lieblingselement. Unaufhörlich hielt sie Ausschau nach Schwemmholz und holte sich die besten Stücke, die wir trockneten und als Grillfeuer verwendeten.

Schwimmende Familienmitglieder begleitete sie hautnah. Offenbar misstraute sie deren Schwimmkünsten.

„Für unsere Kinder war Dega in jeder Beziehung ein Segen", sagt Liska, meine Frau. "Kamen sie heim von der Schule, müde oder mit den Kameraden zerstritten, riefen sie nach dem Hund, machten einen kurzen Spaziergang, und die Welt war wieder in Ordnung." –

Unvergesslich ist mir der Winter mit dem vielen Schnee. Schlitteln mit Dega. Hang rauf, Hang runter. Unermüdlich jagte sie den Kindern hinterher.

Dega hat ihre Lebenserwartung erreicht, ist schwach geworden. Bricht oft plötzlich zusammen. Wir helfen ihr, wieder auf die Beine zu kommen.

„Die Laborwerte sind schlecht. Sie hat keine Zukunft mehr", sagt der Tierarzt.

Wir sind auf dem Vorplatz zur Praxis. Dega ist ganz ruhig. Es ist, als ahne sie das nahe Ende. Sie macht ein paar Schritte, versäubert sich, bleibt stehen. Ein letztes Mal nehmen wir sie an die Leine.

Dann geht alles seinen Gang. Liska und ich heben Dega auf den Schragen, unsere Hände bleiben an ihrem Bauch. Er ist ganz warm. Sie wedelt leicht mit dem Schwanz, hat nur gute

Erinnerungen an diese Liege. Vielleicht denkt sie an die vielen Kekse, mit denen sie bei Untersuchungen belohnt wurde. Ich beobachte, wie der Arzt das Mittel abfüllt, jetzt in die Beinvene spritzt. Fast gleichzeitig bricht Dega ein. Wir legen den schweren Körper vorsichtig ab. Ihre Augen sehen nicht mehr. Ihr Kreis für Leben und Sterben hat sich geschlossen.

Bleibt ein Gefühl der Leere. Aber ein Hund kommt nicht mehr in Frage.

Dann meldet sich ein neuer Aspekt: Es gibt einen Nachholbedarf. Eine längst geplante Skandinavien-Reise, Kreuzfahrten, ausgedehnte Wanderungen, Städtebesuche, Theater, Opern, Museen, Galerien … Das Angebot überstürzt sich, die Welt ist reich.

Vieles haben wir nachgeholt, anderes erwies sich als mühsam, bei manchen Unternehmen hätte auch ein Hund dabei sein können.

Zora, Degas Nachfolger, war eine Golden Retriever - Hündin mit braunrotem Fell. Der Name spielte auch an auf *Die rote Zora*. Ein damals beliebtes Jugendbuch. Mit der unternehmungslustigen Hauptfigur verband aber unsern Golden wenig. Zora umgab ein Hauch von Aristokratie. Auch pflegte sie eine vornehme Distanz zu ihren Artgenossen. Niemand war auf einen frühen Tod gefasst. Ich machte mit ihr den gewohnten Spaziergang, als sie sich plötzlich in den Schatten eines Nussbaums setzte und nicht mehr weiter wollte. Mit Müh und Not brachte ich sie nach Hause. In der Stube legte sie sich nieder, völlig erschöpft. Mit

Hilfe der Nachbarin trugen wir sie ins Auto. Als wir beim Tierarzt eintrafen, war sie bereits tot.

Die Todesursache war nicht klar. Der Tierarzt redete von sezieren. Aber wir wollten das nicht.

Shanaja, hiess unser letzter Hund. Der weisse Golden Retriever hatte in seiner Jugend Schlimmes erlebt. Wir wussten von ihrem Nierenschaden, wollten die Hündin gleichsam entschädigen für das, was man ihr einst angetan hatte. Sie sollte es gut haben bei uns. – Aber ihre Lebenszeit war beschränkt. Mit sieben Jahren musste man ihr eine Schrumpfniere entfernen, und die Gegenniere schaffte die zusätzliche Arbeit nicht. Shanaja starb bei der Operation.

Ich schaue auf die Uhr. Wo Liska nur bleibt? „Bin gleich zurück", hat sie gesagt: „Ich hol frische Brötchen. Du kannst schon mal den Tisch decken." –

Unser Leben läuft nun in ruhigeren Bahnen. Die Kinder sind ausgezogen, gehen eigene Wege. Es ist still geworden im Haus. Nicht, dass wir der einstigen Betriebsamkeit nachtrauern. Nein, uns beleben jetzt vor allem die Enkel. Und wir schätzen vermehrt alltägliche Dinge, die Pflege des Gartens, Wanderungen im heimischen Jura. Gelegentlich fahren wir für einen Einkaufsbummel in die Stadt. Meist wählen wir für die Rückreise einen früheren Zug als den vorgesehenen.

In letzter Zeit kommen wir öfter auf unsere verstorbenen Hunde zu reden. Liska meint, wir sollten uns nach einem neuen Dauergast umsehen. Ich tue mich schwer damit. Alles hat seine Zeit. Wozu sich im letzten Lebensabschnitt nochmals binden? Da übt man sich besser im Loslassen. – Ein Wort, das meine Frau nicht gern hört. – Wo sie nur bleibt?

Dann geht die Haustüre. Liska ist ausser Atem. „Entschuldige, ich hab zufällig Charlotte getroffen. Du kennst sie ja. Die lässt einen nicht gleich wieder los."

Beim Frühstück hake ich nach: „Charlotte, sagst du. Und? Habt ihr über Hunde gesprochen?" – Liska lacht: „Sie hat uns immer gut beraten. Schwärmt von einem Kavalier King Charles. Tricolour. Fröhlich und anpassungsfähig. ,Sessa' heisst die junge Hundedame. ,Alte Leute, kleine Hunde', lautet Charlottes Zauberformel. Die reissen nicht so. Sie kennt die Züchter, würde uns gerne mit ihnen bekannt machen. Was meinst du?"-

Es ist später Abend, Liska hat sich mit einem Buch ins Schlafzimmer verzogen. Ich stehe am Fenster, schaue hinunter aufs Dorf. In den Häusern brennt Licht. Auf der Autobahn blinken die Scheinwerfer vereinzelter Autos. Sie haben etwas Gespenstisches an sich. Man hört sie kaum. – Da schrillt das Telefon. Wer stört denn um diese Zeit noch? – „Nimm du ab", ruft Liska. „Es ist deine Tante. Um diese Zeit läutet immer Tante Olga an." – „Heute mal nicht", sage ich laut, „heute lass ich's einfach klingeln.

Ich kenne den Monolog auswendig: „Wollte nur mal fragen, wie's euch so geht. Übrigens, habt ihr jetzt entschieden in Sachen Hund? – Die Nachbarin behauptet, Retriever seien hoffnungslos überzüchtet. Und was ich noch sagen wollte: In unserer Nachbarschaft hat man eingebrochen. Gegenwärtig haben Gauner Hochsaison. Gut organisierte Diebesbanden verfügen über Ortspläne, in denen Häuser mit Hund markiert sind. Die brechen nur ein in Häuser …" – „Schon gut, liebe Tante. – Und bitte nicht wieder Meiers Probleme mit seinem Kardiologen." – „Was, du kennst Meiers Kardiologen?" - „Nein, nicht persönlich. Ich weiss von dir, dass er allen Herzpatienten ein Rezept zum Kauf eines Hundes verordnen möchte." – „Ja, und tägliche Spaziergänge an der frischen Luft. Bei jedem Wetter. Bist du noch dran? Es geht nur um passende Kleidung und …" – Olgas kleine Welt. Nächstes Mal nehme ich den Hörer wieder ab.

„Führst du eigentlich Selbstgespräche?" Es ist Liska. „Das Telefon läutet schon eine Weile nicht mehr. Du denkst doch nicht etwa ans Loslassen?" Sie lacht. - Ich gehe nicht darauf ein. „Für unsere Kinder war Dega in jeder Beziehung ein Segen, hast du kürzlich gesagt. – Warum sollte das nicht auch mit unsern Enkeln funktionieren?" – „Du weisst schon, dass ein King Charles Spaniel nicht aufs Wasser fixiert ist." – „Nein, wusste ich nicht. Aber wir wollen Vergangenes nicht verklären. Neuer Hund – neue Möglichkeiten!" – „Erstaunlich", sagt meine Frau, "was ein unterdrückter Anruf alles bewirken kann."

Brief, statt eines Nachworts

Lieber Wilhelm Busch!

Es gibt Bücher, an denen bleibt man einfach hängen. Man wird sie nie mehr ganz los. Das ist gut so. Man ist dann immer in bester Gesellschaft. Sie, verehrter Herr Busch, figurieren in meinem – ich nenn es mal „Begleitwerk" – ganz vorn. Ich hoffe, dass wir uns dereinst begegnen und ich Ihnen dafür persönlich danken kann. Wo immer das sein wird. Sie haben sich zu Lebzeiten nie klar dazu geäussert. Wie sollten Sie auch: Das Unmögliche haben Sie nie versucht.

Nun ist ja viel über Sie geschrieben worden, von Bewunderern und Neidern. Oft mit wissenschaftlicher Akribie. Letzteres ist nicht meine Absicht. Ich will lediglich an ein paar Beispielen zeigen, wie sehr die Bekanntschaft mit Ihrem Werk mein Leben bereichert hat.

Ganz oben in meiner Gunst steht Ihr Friedrich Kracke. Unglaublich, was der Gute durchmachte, bis er endlich von seinen Schmerzen befreit wurde. Er versuchte alles, rauchte, griff zum Schnaps, tauchte den Kopf in einen kalten Wasserkübel, hielt ihn an den heissen Ofen, türmte zwecks Schwitzkur Kissen und Decken über sich auf und suchte nach allen Misserfolgen entkräftet den Zahnarzt auf, der ihm mit brachialer Gewalt und einem Haken einen hohlen Zahn zog.

Man muss wissen, dass ein Zahnarztbesuch noch in meiner Jugend oft mit üblen Schmerzen verbunden war. Und Prophylaxe war in jeder Beziehung ein Fremdwort.

Ich weiss nicht, was Sie von der Entwicklung der Zahnmedizin mitbekommen haben. Die Spritzen zum Beispiel sind seither so fein geworden, dass man den Vorgang allenfalls als unangenehm einstuft; auch Bohren geht heute in der Regel schmerzfrei von sich. Wenn ich damals mit Mutter zum Zahnarzt in die Stadt fuhr, nahm ich mir rechtzeitig Herrn Kracke vor, den Mann, der alle heilversprechenden Optionen durchzog, bis ihn der Zahnarzt schliesslich von seinen Schmerzen befreite. Hilfreich war denn auch der Umstand, dass unser Zahnarzt in seinem Wartezimmer ein paar Aufnahmen Ihrer Geschichte aufgehängt hatte, versehen mit einem schwarzen Holzrahmen. Wenn mich die Praxishilfe zur Behandlung rief, schaute ich ein letztes Mal auf die Bilder von Krackes Leidensgeschichte mit dem erlösenden Ausgang. Derart gestärkt betrat ich dann entschlossen das Behandlungszimmer.

Ich denke an die Lehrkräfte, in denen ich mich spiegeln durfte und so bei meiner schulischen Tätigkeit vor schlimmeren Fehlern bewahrt wurde: Lehrer Lämpel, Magister Bokelmann, Rektor Debisch, Herr Bötel.

Nicht vergessen sind die Onkels und Tanten, die mir bei meiner Entwicklung vielleicht gefehlt haben. Oder die Erfolglosen, die Sanften: Balduin Bählamm gehört hierher, der verhinderte Dichter.

Und wenn der Winter seine erste Schneedecke über die Hügel legt, setze ich mich in Gedanken zu Hans auf den Schlitten und erlebe wieder die aufregendste ‚Rutschpartie‘ meines Lebens. Sie hat mich angeregt zu einer ähnlichen Geschichte.

Lange bevor man von ‚winner' und ‚loser' sprach und von ‚win-win' und ‚win-lose' und ‚lose-lose', sagte mein Vater: „Wenn dich eine Respektsperson zu sehr verunsichert, dann stell dir eine Situation vor, in der sie ihren furchterregenden Eindruck verliert: im Nachthemd zum Beispiel."

In Ihren Texten, Wilhelm Busch, wurde ich auch in dieser Richtung immer fündig.

Seien Sie jetzt schon herzlich bedankt!

Ihr Heinz Picard